D0881454

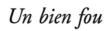

Un bien fou

Eric Neuhoff

Un bien fou

ROMAN

Albin Michel

IL A ÉTÉ TIRÉ DE CET OUVRAGE
VINGT-CINQ EXEMPLAIRES
SUR VÉLIN BOUFFANT DES PAPETERIES SALZER
DONT QUINZE EXEMPLAIRES NUMÉROTÉS DE 1 À 15
ET DIX HORS COMMERCE NUMÉROTÉS DE I À X

© Éditions Albin Michel S.A., 2001
22, rue Huyghens, 75014 Paris

www.albin-michel.fr

ISBN broché 2-226-12656-2
ISBN luxe 2-226-12737-2

Leave no regrets on the field.

(affiché à la sortie des vestiaires
dans les stades de football américain)

JE vous préviens : vous n'allez pas aimer. Ça ne fait rien, lisez cette lettre avec attention. Je vous le conseille. Certains détails vont vous intéresser. Ça, vous m'avez bien eu. Maintenant vous allez payer. Il est temps. Ce ne sont pas des phrases en l'air. Je ne suis pas écrivain, moi. Pour moi, les mots ont un sens. Ils sont suivis d'effet. Vous verrez, je suis sûr que tout cela ne va pas vous plaire.

Vous avez reconnu mon écriture. Vous avez déchiré la grosse enveloppe de papier kraft avec votre coupe-papier, celui dont vous faisiez toute une histoire parce qu'il vous avait été offert par une actrice que vous aviez connue à Hollywood. Sortez-en les feuilles délicatement. Comme ça. *Voilà.* Sans trembler. Vous êtes trop pressé. Ce que j'ai à vous dire peut attendre quelques secondes supplémentaires. Trop tard pour y changer quoi que ce soit.

Comment allez-vous, à propos ? Est-ce que c'est le matin ? Vos problèmes de circulation s'arrangent ? Bon, d'accord, à cause de moi ça ne va pas être votre jour. Vous revenez de loin, vous savez. Vous ne soupçonnez pas à côté de quoi vous êtes passé. Je vais vous expliquer.

Nous avons tout notre temps. Asseyez-vous à votre bureau. Faites pivoter votre fauteuil à vis. Il est encore tôt. Maud a bu son premier café de la journée et sa tasse vide s'attarde sur la table de la cuisine. Elle s'est recouchée. C'était une des choses qui lui plaisaient le plus, se rendormir après avoir pris un petit déjeuner seule dans la maison encore silencieuse, toutes les lumières éteintes, sauf celle du frigo ouvert. J'allais dans sa chambre. Sur l'oreiller, ses cheveux étaient plus longs que je ne l'avais remarqué. Ils commençaient à être vraiment longs. Elle avait décidé de les laisser pousser. Son visage disparaissait entièrement sous les draps. Elle dormait sur le ventre, en respirant à peine. A une époque, elle m'accusait de ronfler. Je n'ai jamais voulu la croire. Aujourd'hui, mes ronflements ne dérangent plus personne.

J'avoue que j'ai du mal à parler d'elle au passé. Il le faut. Je ne l'ai pas assez regardée. On devrait toujours regarder les gens davantage. Je n'ai pas été dressé à ça. Dans mon métier, les gens, on nous oblige à les prendre pour des cons. C'est une question de vie ou de mort.

Pas de quartier. Je vais foncer dans le tas. Je serais vous, je ne lirais pas ce qui va suivre. Je dois vous dire ce que j'ai sur le cœur. Grand écrivain, tu parles ! Vieux salopard, oui. Je sais, en brisant le silence qui vous entoure, je ne tiens pas ma parole. Mais vous n'avez pas exactement respecté la vôtre non plus. Il est vrai que vous ne m'avez jamais rien promis.

N'empêche, qu'est-ce que j'aurais pu vous aimer ! Quand je dis : vous, il s'agit de vos livres. Parce que j'ai découvert ce qu'il y avait derrière – et alors là, merci.

Regardons les choses en face : vous avez été une ordure. Maud n'a pas été très nette non plus. Nous sommes bien d'accord là-dessus.

Franchement, la première fois que je vous ai vu, je ne vous ai pas reconnu. J'avais des excuses. De vous, il n'existe que d'antiques photos. Elles sont toutes en noir et blanc. Dessus, vous êtes ce monsieur un peu voûté, aux cheveux déjà blancs, dans sa veste de tweed avec des pièces de daim aux coudes. Qu'est-ce que vous foutiez en Italie, cet été-là ? Le coup de la nostalgie, à d'autres. Bon, vous aviez un frère aîné qui avait été blessé à Anzio. A part ça, aucune racine de ce côté-là. Vos parents étaient des juifs de Park Avenue. Ils étaient pleins aux as. L'argent chic, cultivé. Le genre à l'aise, bien dans leur peau. Votre livre le plus célèbre commençait par cette phrase : « Je ne voudrais rien dire, mais mes parents étaient vraiment riches. » En anglais, cela sonne encore mieux.

A l'hôtel, les gens ne savaient pas qui vous étiez. Ils n'étaient pas seuls dans ce cas. Moi-même, je ne me doutais pas que j'avais pour voisin l'écrivain américain le plus mystérieux de sa génération. Pour moi, ces vacances au large de Rome ont été une erreur. Toute la suite l'a prouvé.

Au début, vous ne nous avez pas dit qui vous étiez. Votre prudence légendaire. Maud faisait la folle. Elle jouait avec les chiens, leur lançait des balles de tennis. D'emblée, vous nous avez menti. Vous avez prétendu venir de Chicago. Le paranoïaque que vous étiez. Comme si votre véritable adresse aurait pu nous mettre la puce à l'oreille. Vous savez, nous ne connaissons pas par cœur la carte des Etats-Unis. Le Vermont ne nous évoque pas grand-chose. Nous ne sommes que de petits Français. Chicago ? Pourquoi Chicago ? A cause du lac battu par les vents ? Pour le côté gangster ? « Je suis de Chicago » : le mensonge était inutile. Je vous assure que si vous nous aviez dit bêtement : « Je vis dans le Vermont », nous n'aurions pas tout de suite pensé : « Tiens, ça doit être Sebastian Bruckinger. »

Le fait est. Vous êtes assez bel homme, pour votre âge. Je dois vous reconnaître ça. On vous repérait. Cette crinière blanche, cette silhouette légèrement penchée des hommes qui mesurent plus d'un mètre quatre-vingt-cinq. Qu'est-ce que vous fabriquiez à Ponza ? Sur la terrasse, vous lisiez à voix haute une brochure touristique à une petite fille. Un tricycle jaune était renversé sur le chemin qui descendait à la plage. Le garçon vous apporta une bière. Il la servit avec précaution, inclinant le verre pour que la mousse ne soit pas trop épaisse. La petite fille a ramassé le tricycle. Elle était trop grande pour monter dessus. C'était une de vos petites-nièces. Elle avait dans les, quoi, dix ans. Blonde, bronzée, plus aucune des rondeurs de l'enfance. Zoé, elle s'appelait. Dans quelque temps, elle ferait des ravages. Ces pauvres petites filles riches ne tardent pas à saccager le cœur des garçons. Elles savent faire ça d'instinct. Je l'observais. Maillot une pièce bleu marine, espadrilles noires, elle bâillait souvent. Elle s'embêtait, forcément, avec un type comme vous dans un pays étranger. Elle ne parlait pas un mot d'italien. Vous n'étiez pas terrible non plus, de ce côté-là. C'est comme ça que vous nous avez abordés, pour nous demander comment on disait raisin. Zoé en avait assez des glaces. « Uva », a dit Maud. Raisin se disait *uva*. Vous nous avez invités à nous joindre à vous pour le dessert. Maud a repris du tiramisu. Ce qu'il y avait de bien, chez elle, c'est qu'elle ne faisait pas attention à son poids. Elle se nourrissait n'importe comment et ne grossissait pas. Les derniers clients avaient fini de déjeuner. Personne ne se baignait dans la piscine. La sieste était de rigueur. C'est là que vous nous avez dit que vous étiez de Chicago. J'ai redemandé un café. Un téléphone portable a sonné quelque part au-dessus de nous. Votre chemise en chambray s'accordait avec vos coups de soleil. Vous veniez d'arriver à Ponza et vous aviez passé la matinée sur la plage sans mettre de crème. Maud était très calée sur les crèmes. Elle vous conseilla une marque infaillible selon elle. Sur ce chapitre, vous pouviez lui faire confiance. Maud ou la Clausewitz des UV. En deux jours, elle était noire. Pour bronzer à toute allure, elle déployait des ruses de Sioux. Elle s'est levée, vous a salué, a dit qu'elle montait lire les journaux. Je l'ai regardée s'éloigner dans son paréo. Vous avez pris une grappa. Zoé a demandé la permission de plonger dans la piscine. Vous avez consulté votre montre et dit oui. Je n'étais pas très sûr de mon anglais. Au cinéma, je comprends à peu près tous les dialogues sans trop lire les sous-titres. Les choses sont moins évidentes dans la conver-

15

sation. Il y avait beaucoup de blancs entre nos phrases. Une guêpe se posa dans un reste de glace fondue. Nous avons assisté à ses efforts désespérés pour s'envoler. Ses ailes s'engluaient dans la vanille. Vous avez dit à Zoé de sortir de l'eau. Le serveur s'est approché.

– Whisky, signor ?

Vous avez pris la tête du client qui hésite encore et fait non.

– Ils croient que parce que je suis américain, j'aime forcément le whisky.

Le garçon souriait sans comprendre, en se balançant d'un pied sur l'autre.

– Donnez-moi plutôt un bloody-mary.

Il n'y en avait pas. Cette fois, vous n'avez pas réfléchi longtemps.

– Un gin-fizz, alors. Et vous ?

– Même chose.

Vous avez signé l'addition. A mon tour, j'ai pris congé. *Thanks for the coffee.* Dans la chambre, Maud était sous la douche. Elle se douchait trois fois par jour. J'avais parfois l'impression d'être Norman Bates dans son motel. Elle avait entendu le téléphone sonner pour la seizième fois dans la chambre voisine. Sa sieste était fichue. Je m'allongeai sur le lit pour lire dans un magazine le portrait d'un milliardaire anglais qui était mort le mois précédent. Il se droguait tellement que, lorsqu'il voulait arrêter, il payait son dealer pour que celui-ci ne vienne pas. Maud a surgi de la salle de bains, a exigé que je lui fasse une place à côté de moi. J'ai abandonné ma lecture. Quand je l'ai récupéré, le journal était tout froissé.

L'hôtel n'était pas loin de la plage. Il fallait suivre un sentier qui zigzaguait. On s'engageait dans une sorte de tunnel qui sentait assez la pisse. Une falaise fermait l'anse, dans les jaunes, dans les verts. A midi, la réverbération était intenable. Parfois, nous déjeunions au restaurant de la plage, Maud et moi. Des choses légères, salade de tomates et pêches jaunes. Le serveur ressemblait à un acteur américain dont j'ai oublié le nom, avec sa casquette à l'envers. J'avais le nez qui pelait. Maud me reprochait de ne pas mettre de crème. La nuit, j'étais obligé de dormir sur le côté. Le moindre mouvement m'arrachait des gémissements de condamné.

Un bien fou

Le lendemain, Maud vous a emprunté votre quotidien. Elle m'a dit : « A tout à l'heure ». Son chapeau de paille lui quadrillait le visage d'ombre et de lumière. Le ciel était si bleu que c'en était presque douloureux, comme une injustice. J'ai rejoint Maud sur la plage. Emmitouflée dans une immense serviette-éponge, une grosse dame se tortillait pour enlever son maillot. Ça n'était pas une petite affaire. Finalement, le maillot, d'un rose éclatant, atterrit sur ses chevilles. Elle le lança sur le sable d'une rapide torsion du pied. Enfiler sa jupe lui coûta moins d'efforts. Un teckel aboyait après un cerf-volant.

Le soir, vous nous avez invités à dîner sur le port. Le restaurant était rempli à craquer. Vous aviez bien fait de réserver. Dans la salle, des adolescents jouaient au billard américain, cent lires le point. Le maître d'hôtel nous guida vers une table en terrasse. Il retira d'un des verres un papier sur lequel je lus un nom qui n'était pas celui que vous nous aviez donné. Je me suis demandé si vous n'étiez pas un espion. Sans attendre, vous avez commandé des Campari pour tout le monde.

— C'est dommage qu'il n'y ait pas de cinéma, ici. J'aurais aimé voir un film italien dans un cinéma en plein air.

Maud finissait sa pizza et acquiesçait la bouche pleine. Elle ne s'était pas coiffée de la journée. Le soleil avait décoloré ses cheveux. A moins que ce ne fût l'eau de mer ? Durant le repas, elle vous a bourré l'épaule de petits coups de poing. C'est une manie qu'elle a avec les gens qu'elle apprécie. Il faut y voir un geste d'affection. Au début, Maud faisait tout le temps ça avec moi. La première fois, cela vous a un peu décontenancé. Vous vous êtes frotté l'omoplate. Votre nièce s'est extasiée sur ma montre au cadran avec des chiffres penchés. Elle voulait la même.

Si Maud avait dû me quitter pour quelqu'un, j'aurais parié sur ce jeune homme qui avait un horrible coup de soleil. Les épaules, surtout, avaient dégusté. Elle l'avait repéré, assis sur sa serviette à motifs verts. Il nageait bien. On voyait le type qui avait fait de la compétition depuis son enfance. Papillon, culbute, dos crawlé, il avait de la ressource. On ne l'a plus revu.

Les îles. Ne me parlez plus des îles. Qu'est-ce que j'aurais pu les aimer, pourtant. Jusqu'à vous, je n'y ai que de bons souvenirs. Je revois Maud à Giglio, sur un matelas pneumatique, le jour où il y a eu des méduses, de grosses méduses argentées de la taille du dôme des Invalides. Je la revois à Formentera sur le Zodiac dont un des boudins se dégonflait. Elle tirait en vain sur la ficelle du hors-bord neuf chevaux et demi. Je la revois boire des cappuccinos sur la jetée de Panarea au milieu des petites estafettes à plate-forme qui attendaient le bateau du soir et ses passagers. Je la revois à Symi mâchant d'un air dégoûté une patte de poulpe dégoulinante d'huile d'olive. Je la revois à Ponza – non, je ne la revois pas à Ponza. Quand je repense à Ponza, je ne vois que vous. Vous m'avez gâché ça. Vous encombrez tout l'écran. Tirez-vous, merde. Oui, barre-toi, le vieux. Si tu fais vite, on te pardonnera peut-être. Allez, dégage, je te dis.

Un bien fou

C'est Maud qui s'était chargée des billets. Elle avait aperçu une photo de l'endroit en vitrine dans une agence de voyages. Cela lui avait suffi pour pousser la porte. Ses dates furent les miennes. Ponza se révéla d'une beauté sauvage. Plages pour la plupart inaccessibles par la terre, falaises à pic presque orange, rochers aux formes biscornues qui semblaient avoir été grignotés par quelque monstre préhistorique, horizon torride, infini, blanchi de chaleur. Presque pas de voitures. Avec du courage, on pouvait faire le tour de l'île à pied dans la journée. Il fallut néanmoins louer un scooter. Sur le port, une brune terriblement maquillée vendait des articles de pêche. Les accessoires de plongée étaient contre le mur de droite. Au fond, il y avait des rangées de lignes, de diverses grandeurs. Des moulinets étaient exposés dans une armoire vitrée. Dans un coin, des bouteilles d'oxygène jaunes montaient la garde. Pour les masques et les tubas, on avait le choix. Des rouleaux de cordages pendaient au plafond.

L'hôtel surplombait une crique. La nuit, de mystérieux insectes faisaient entendre leur crissement sur le balcon. C'était un bruit doux et inquiétant dans le noir. Maud se serrait contre moi, malgré mes coups de soleil. Des lumières brillaient au loin, sur la mer. Ça devait être la côte. Est-ce que la côte était si proche ? Dans la journée, on ne distinguait rien.

D'abord, nos rapports gardèrent ce caractère hésitant. Il y avait un pas que nous n'osions pas franchir. A chaque fois, c'était comme si nous repartions de zéro. Les silences n'étaient pas rares. On aurait dit que vous cachiez quelque chose. Nous dînions souvent à la même table. Votre petite-nièce s'endormait avant même le dessert, la tête sur vos genoux. Au bout d'un moment, je me suis aperçu que vous n'aviez jamais de livre avec vous. J'ai trouvé ça étrange. Tout le monde lisait, en vacances. A quoi pensiez-vous tout au long de la journée ? Comment faisiez-vous pour ne pas vous ennuyer ? Après la plage, Zoé allait regarder des dessins animés en italien à la télévision.

C'étaient les mêmes dans le monde entier, elle n'avait pas besoin de comprendre les paroles.

Sans blague, je ne m'attendais pas à tomber sur un rival de Nabokov. Maud est un peu vieille, vous savez, pour une Lolita. Elle triche sur son âge. Et vous ? Bientôt soixante-dix balais. Est-ce que ça bande encore, un écrivain de soixante-dix balais ? Le temps me manque pour vous exposer en détail tout ce que j'ai sur le cœur.

J'y songe : je ne vous ai jamais raconté comment j'avais rencontré Maud. Cela vous dit ? Bien. Reprenons. Remontons quelques années en arrière. C'était le printemps à Paris, une de ces encourageantes journées où le soleil perd de sa timidité. Je cherchais un appartement. Mon bail n'avait pas été renouvelé. Je devais quitter la rue du Cirque. Direction la rive gauche. Maud travaillait dans une agence immobilière. Elle m'a fait visiter quelque chose rue du Bac. Trop grand, trop de travaux. Des poutres apparentes, ce qui était rédhibitoire. Moi, ce que je voulais, c'était un deux pièces avec une bibliothèque et des placards. La semaine suivante, elle rappelait. Elle avait ce que je souhaitais. Je lui demandai des détails supplémentaires. Elle fut intraitable. Pas un mot. Surprise, surprise, fit-elle avec le ton de Charlotte Rampling dans *Un taxi mauve*. Faites-moi confiance. Il n'y avait pas moyen d'avoir l'adresse. Rendez-vous fut pris le lendemain au Flore pour le petit déjeuner. Je n'osai pas lui dire que je préférais les Deux Magots.

Je me suis dit que Paris était une ville réellement formidable. Il y avait des filles belles même dans le métro. Nous vivons une époque où l'on dirait que toutes les femmes ont trente-cinq ans. Du reste, il y a beaucoup trop de femmes intéressantes dans cette ville. Ça me tue. J'en vois tout le temps, levant le bras au restaurant pour obtenir l'addition, dans les bureaux, attendant des taxis aux stations. J'en entends au téléphone, avec leurs promesses dans la voix. J'en croise au rayon DVD de la FNAC. J'en découvre présentant des émissions sur les chaînes câblées. Elles ont l'étrange faculté de se réinventer chaque jour. Je suis sûr qu'elles ont toutes de fascinantes histoires d'amour et de désespoir à raconter. Ce sont des histoires que je ne connaîtrai jamais, tout un embouteillage de destins fabuleux et stupidement gaspillés.

Je ne l'ai pas reconnue. Elle était là avant moi, et je ne l'ai pas reconnue. Je me serais giflé. J'ai inspecté la terrasse, je suis monté au premier et je ne l'ai pas vue non plus. J'ai jeté un œil sur la salle et je me suis installé à une table. Au bout d'une minute, une fille brune s'est plantée devant moi. J'ai cru que le sac posé sur la banquette à côté de moi était à elle, qu'elle voulait le récupérer. Elle a parlé et enfin j'ai réalisé. Il devrait exister des pilules pour ne pas rougir. Je lui ai dit qu'elle s'était fait couper les cheveux, mais non. Elle riait, secouait la tête.

– On y va ?

J'ai laissé mon café refroidir. Devant le kiosque à journaux, j'ai donné dix francs au clochard qui se poste là à longueur de journée. Avril avait fait sortir des feuilles d'un vert pimpant sur les arbres du boulevard Saint-Germain. Des hommes bronzés, en tee-shirt découvrant leurs bras musclés, promenaient des Jack Russell. DINK. Double Income No Kids. De plus en plus, une cible des annonceurs. Soyez pédé et on vous vendra encore plus de merde qu'aux autres.

Elle a cligné des yeux et fouillé dans son sac pour en sortir des lunettes noires très à la mode. Je me contentais de la fixer. J'ai tout de suite aimé la façon dont elle se laissait observer. Je l'ai suivie sur le trottoir. Elle évita une crotte de chien en esquissant un pas de danse. Très harmonieux. Allure, silhouette. Sur le visage, un perpétuel air de surprise, comme si elle avait été éblouie par un flash. Elle posa une main sur mon bras. Sa paume était fraîche. C'était le genre de brune piquante que les autres filles trouvent immanquablement vulgaire. Elles disent toujours ça. Que les autres disent ce qu'elles veulent. A côté de Maud, les autres filles ne valaient rien. Elle était faite pour moi. Elle ne le savait pas encore, mais avec elle je tenais la femme de ma vie. Vous n'avez rien inventé. Il n'y a pas que dans vos livres qu'un garçon rencontre une fille qui lui plaît dans des endroits agréables. Sa Mini était garée dans le parking souterrain. Rue de Grenelle, elle grilla un feu rouge.

Maud abandonna la voiture à califourchon sur le trottoir. Elle composa le code en suivant les instructions inscrites sur une page de son agenda. L'ascenseur était en panne. Maud avait les clés. Troisième étage, vue sur l'église Sainte-Clotilde, grosse reprise. La proposition était tentante, mais les choses sont allées un petit peu vite.

– Que faites-vous pour les vacances ? a dit Maud devant la porte-fenêtre.

Ça a commencé de cette façon. Elle aimait se décider au dernier moment. Ça tombait bien, je n'avais rien prévu. Elle a annulé toutes ses visites de la journée. Nous avons déjeuné dans le restaurant qui est sous l'aérogare des Invalides. Dans la voiture, je me suis tourné vers elle.

– Je ne sais pas comment m'y prendre pour vous embrasser.

– Comme ça, fit-elle en s'approchant.

L'après-midi, je me suis plongé dans les guides. Nous avons passé le week-end à Noirmoutier, dans un hôtel de Bois de la Chaize.

Le lundi suivant, j'allai chez Maud. C'était un dernier étage en angle, rue de Mézières, avec une balustrade en pierre de taille. En se penchant, on voyait les tours dépareillées de Saint-Sulpice. Adieu, Sainte-Clotilde. J'abandonnais une église pour une autre. Péché véniel.

— Ne me dites pas que vous allez à la messe, fit Maud.

— Seulement aux messes d'enterrement. J'aime bien les enterrements. Pour une fois, les gens ont l'air de penser à autre chose qu'à leurs fins de mois ou aux prochaines soldes.

— Oh, oh, Monsieur est philosophe.

La peau de ses joues se plissait de façon incroyable quand elle souriait. J'ai tout de suite aimé ces dizaines de petites rides qui apparaissaient sur son visage à intervalles réguliers.

— On n'a pas encore couché ensemble.

— Qu'est-ce qu'on attend ?

Première nuit avec Maud.

— C'est quoi, cette cicatrice ? fit-elle en remontant le doigt sur ma jambe gauche.

— Ma guerre d'Espagne. *No pasaran !*

— Pardon ?

— Accident de moto. Il y a quinze ans, sur la Costa Brava. Je n'aime pas parler de ça.

— De toute façon, vous n'aimez parler de rien. Vous sentez quoi, quand je fais ça ?

— Une sorte de frisson. Je ne sais pas si c'est agréable ou insupportable. Arrêtez, s'il vous plaît.

Elle obéit, fit glisser le drap jusqu'à son cou.

— Vous avez réussi à vendre l'hôtel particulier de la rue de la Néva ?

C'était un gros coup. Trois étages, une terrasse, tout à refaire.

— Ça y est.

— Comment avez-vous fait ?

— Mes seins. Vous les connaissez, maintenant.

Elle avança sa main sur le couvre-lit. Sur la table de nuit, il y avait une biographie du duc et de la duchesse de Windsor.

— Si on se tutoyait ? dit Maud en s'appuyant sur un coude.

Un bien fou

Je ne fus pas long à déménager. La porte cochère était grandiose, tout droit sortie d'un film de cape et d'épée. Une fontaine se dressait au milieu de la cour intérieure. L'ascenseur était à l'ancienne, avec un grillage, des portes qui battaient. Chez elle, il y avait un immense canapé gris. Elle dormait là, parfois, quand elle n'avait pas le courage de défaire son lit ou plutôt quand l'idée de le refaire la déprimait d'avance. Derrière, le mur était entièrement couvert de miroirs. Maud prétendait qu'il s'agissait sûrement d'un ancien bordel. Elle n'envisageait pas d'autre raison à ce genre de décoration. Une bouteille d'eau minérale trônait sur la table basse ainsi que des CD sortis de leur boîtier et des fleurs blanches dans un vase transparent. Un livre de poche était ouvert en V sur le bras d'un fauteuil, pour garder la page. C'était *Tante Mame* de Patrick Dennis. Un escabeau était déplié devant les étagères sépia qui ne contenaient que des objets et une chaîne hi-fi. Des photos sépia de corrida étaient posées sur le manteau de la cheminée ainsi qu'un vieux Gaffiot qui avait appartenu à son père. La toile marron était tout effilochée.

La reliure ne tenait plus que par miracle. Pierre Le Tan avait fait un dessin d'elle. Il y avait plein de couloirs. La salle de bains sentait le savon à l'iris. Dans la cuisine, une affiche vantait en anglais les mérites de la bière Guinness. Sur le bar à l'américaine, une orchidée dans son pot. Le parquet craquait sous les pas. Le bonheur logeait sous les toits (Paris VIe). En même temps, je me suis dit que si elle me quittait, Maud, avec son métier, n'aurait aucun mal à trouver un nouvel appartement.

Pour moi, Maud était quelque chose de tout nouveau. Elle marchait beaucoup pieds nus dans l'appartement. Elle avait de grands pieds avec de très longs orteils. Ses ongles étaient peints en rose. Elle avait un mal de chien à enfiler les escarpins pointus qui étaient alors terriblement à la mode. « Mes arpions ! », disait-elle. Je souriais et n'arrivais pas à croire que je vivais avec une fille qui disait « arpions » en 1990 et quelque. J'enfouissais le nez dans son cou, au milieu de ses cheveux ; je sentais l'odeur fruitée de son parfum qui se mélangeait

à celle du shampooing et une sensation de ver-
tige m'envahissait. Elle me repoussait doucement, en secouant la tête : je l'empêchais de
téléphoner.

Je mis un disque des Rolling Stones et
demandai à Maud si elle voulait danser.

– Ça ne va pas, non ? fit-elle en vissant un
index sur sa tempe.

J'insistai. En fait, elle ne savait pas danser.
Il fallut lui apprendre. Mick Jagger s'égosillait
dans les haut-parleurs. Maud se leva avec réti-
cence. Je lui attrapai la main, la fis tourner sur
elle-même. Cela venait petit à petit. Elle pouf-
fait. Son sens du rythme ne la convainquait
pas. Je n'en revenais pas que personne n'ait
jamais invité cette fille à danser le rock. Au
bout d'un moment, elle enleva sa veste de cuir.
Trop chaud. Elle prenait goût à la chose,
s'entraînait avec sérieux. La chanson était finie.

J'appuyai sur la touche Repeat. Je lui montrai toutes les passes que je connaissais. Le
métier rentrait. Après une demi-heure, c'est
tout juste si elle ne me guidait pas. Elle faisait

une bonne danseuse, souple, détendue. Elle s'arrêta au milieu du salon, passa le bras sur son front. Son tee-shirt parme dévoilait son nombril. Mick Jagger ressassait les mêmes paroles à l'infini. Maud se remit à danser. Sa timidité avait disparu. Son corps ondulait avec la musique, ses pieds se déplaçaient comme il fallait sur le sol. Nous nous enchantions de la concordance de nos mouvements. Nous étions fiers de notre légèreté. Elle m'épuisait. Je n'avais plus l'âge de ces marathons. Elle se croyait dans *On achève bien les chevaux* ? Je fis pouce. Elle sentait le frais, le savon, la verveine. Nous cessâmes de danser et nous rendîmes dans la chambre. Elle ne résista pas. Au lit, elle n'eut pas besoin de leçon. Je sus m'adapter à la situation. De fines gouttelettes de sueur étaient apparues sur son cou.

Maud avait des problèmes avec Bénédicte, sa femme de ménage. Cette dernière avait disparu avec les clés de l'appartement, non sans avoir vidé le contenu d'une armoire. Maud ne

décolérait pas. Elle tenait à ses pulls en cache-
mire. Il a fallu refaire les serrures.

— Cette Bénédicte, c'est une Zaïroise ?

— Non, une Bretonne boutonneuse.

— Tu l'avais trouvée comment ?

— Par une grande rousse du bureau, qui me
l'avait conseillée. Et maintenant, elle prend le
parti de la fille.

— Toujours se méfier des grandes rousses.

C'est moi qui m'en suis occupée. Avocat,
lettres recommandées, visite du beau-père de
la fille, un militaire à la coupe en brosse que
j'ai d'abord confondu avec un steward d'Air
France. Cela a duré deux mois. Maud m'a
remercié en m'emmenant chez Spoon. J'ignore
comment elle s'était débrouillée pour avoir de
la place.

Vous êtes reparti avant nous. Avant les Etats-
Unis, vous effectueriez une halte à Paris. De
notre côté, nous ne tarderions pas à y retourner.
Nous résolûmes de nous voir là-bas. Nous vous
avons accompagnés jusqu'au bateau. Zoé agitait la main depuis la poupe. Le bateau laissait

une large trace d'écume derrière lui. Il disparut dans le lointain.

Maud alla marcher sur la plage. Elle avait besoin d'être seule. Je connaissais ces moments-là. La mer était tiède sur ses pieds. Elle se pencha pour ramasser un coquillage usé par les vagues, le colla à son oreille avant de l'offrir à une gamine qui était assise dans le sable. Elle passa son débardeur par-dessus sa tête, le lança derrière elle et plongea dans l'eau sans se mouiller la nuque comme elle le faisait toujours. Elle ressortit presque aussitôt. L'horizon miroitait. La silhouette de Maud se découpait dans le soleil. J'aurais aimé lui prendre la main pour sentir son pouls. C'était la brume bleue et chaude de l'été, la brusque chaleur de midi.

Maud avait terminé sa sieste. On voyait qu'elle avait dormi sur la joue gauche. Celle-ci était rouge et striée de lignes qui se croisaient comme un gribouillis d'enfant. Elle me dit qu'il y avait une femme qui pleurait, dans la chambre d'à côté. Maud avait essayé de comprendre ce qu'elle disait, mais la femme parlait

trop vite et en italien. Elle devait être au téléphone. Le soir, au restaurant, nous nous
sommes demandé laquelle était la femme qui
pleurait l'après-midi en longue distance. Cette
fausse blonde avec les paupières maquillées en
bleu qui tenait un fume-cigarette ? Cette mère
de famille qui ne touchait pas à son assiette
pendant que son fils roulait des boulettes de
mie de pain sur la nappe ? Son mari était un
monsieur un peu gras qui découpait sa daurade
avec une minutie de chirurgien et réclamait
sans cesse du poivre au garçon. Il y avait aussi
cette dame avec des béquilles qui ne descendait
jamais à la plage. Elle dînait avec les journaux,
buvait de la bière sans alcool et quittait toujours sa table avant le dessert. Maud parlait
tellement que, quand elle mangeait, elle mettait une main devant sa bouche pleine afin de
poursuivre la conversation.

Une surprise nous attendait à la réception.
Vous nous aviez laissé un mot. Dans un français hésitant, vous vous excusiez de ne pas
nous avoir dit la vérité. Voilà : vous étiez

Un bien fou

Sebastian Bruckinger. Vous nous donniez l'adresse de votre hôtel à Saint-Germain-des-Prés. Nous avions l'air fin. Des milliers de lecteurs à travers le monde auraient payé cher pour être à notre place et nous, les deux nigauds, nous ne nous étions rendu compte de rien, du genre : « Sympa, le pépé américain, tu ne trouves pas ? »

Le dernier jour, il y eut une tempête. On a bien failli ne pas pouvoir partir. Le vent soulevait d'énormes paquets de mer. L'aliscafe était obligé de rester à quai. Il fallut prendre le gros bateau qui mettait un temps fou pour atteindre la côte. Je me souviens que nous avons attendu le départ à la terrasse d'un café sur le port et qu'un chien a levé la patte sur le sac Longchamp de Maud. Cela déclencha chez elle un fou rire immédiat. Elle riait encore beaucoup, à Ponza. Maud introduisit des pièces de monnaie dans le distributeur et la cannette dégringola avec un bruit de carambolage. Le Coca était glacé dans sa main. Elle le décapsula.

— Tu en veux ?

Je fis non avec la tête. Maud but à même la cannette.

— Tu sais qu'il ne faut jamais faire ça dehors en été ?

— Ah oui ? Et pourquoi donc ?

— Parce qu'une guêpe peut se glisser dedans quand tu ne regardes pas. Tu imagines la gorgée suivante.

Maud haussa les épaules. Elle ne pensait jamais à des choses comme ça.

Le bateau tanguait affreusement. Les creux mesuraient plusieurs mètres. Maud se sentait mal. Elle s'allongea sur un banc du pont supérieur. Je n'étais pas très en forme non plus. Nous n'aurions pas dû manger ces sandwichs au salami. La coque s'enfonçait à contrecœur dans les vagues. La proue basculait au ralenti. Notre estomac faisait du yo-yo. Je ne touchai pas à la Série Noire que j'avais emportée pour la traversée. Cela dura des heures. Maud était blanche comme tout, presque bleue. A terre, la difficulté consista à mettre la main sur un taxi. Il n'en restait plus qu'un. Nous le partageâmes avec un couple d'Israéliens qui se rendaient eux aussi à Rome. L'erreur consista à dire au chauffeur que nous ne voulions pas louper l'avion. Il conduisait comme Vittorio Gassman dans *Le Fanfaron*, doublait en troisième position, klaxonnait de façon ininterrompue. C'était un horripilant klaxon à trois temps. Le trajet n'arrangea pas l'état de nos intestins. Maud se tordait sur son siège. A un moment, l'Israélien, qui était devant, se tourna vers nous, salement crispé, et dit : « *You want to take your plane or you want to die ?* »

A Paris, nous vous avons raté. Je me suis dit qu'on ne vous reverrait plus. De votre côté, vous aviez dû regagner précipitamment les Etats-Unis avec votre petite-nièce dont la rentrée scolaire avait été avancée. Ça n'était que partie remise.

Nous n'étions pas arrivés à temps à l'aéroport de Fiumicino. Maud avait voulu rester à Rome pour goûter les tagliatelles au basilic qu'on servait piazza del Popolo. Sur la terrasse, il y avait cet acteur barbu qui jouait souvent dans les films de Bergman. Après le déjeuner, je montrai à Maud la via Margutta où avait habité Fellini. Au Hassler, elle vola un gros cendrier de porcelaine vert et blanc où le nom de l'hôtel était gravé en lettres noires. Elle pouvait faire des trucs comme ça.

En septembre, Maud lut tous vos livres à la file. J'aurais dû avoir des soupçons à ce moment-là. Des Etats-Unis, elle reçut un énorme paquet Fed Ex : vos romans au complet en édition américaine. Vous lui aviez dédicacé chaque exemplaire, de votre écriture un peu tremblotante, presque illisible. Maud trouvait ça si émouvant. Vous aviez pourtant la réputation de n'avoir jamais signé un autographe.

A l'agence, Rodolphe était tout excité. Il me raconta sa dernière nuit. Il a un faible pour les actrices et les mannequins. D'après lui, les plus connes ne sont pas celles qu'on croit. Là, il venait de sauter la fille à taches de rousseur qu'on avait vue partout pour la campagne du parfum Calvin Klein (un budget raflé par la concurrence, entre parenthèses).

— Tu sais quoi ? Tu sais ce qu'elle avait dans son sac ?

— Non. Dis.

— *Moravagine* de Cendrars. Ouais. Tu te rends compte ?

— Elle croyait que c'était un manuel de contraception ?

— Tu veux son numéro ? Je l'ai, je te le file, ouais. Tu sais bien que je ne couche jamais deux fois avec la même fille.

— Non merci.

Rodolphe insistait pour que je lui présente Maud. Je ne commis pas cette erreur tout de suite. J'aurais pu, dans le fond. Ça n'était pas de lui que j'aurais dû me méfier.

— Ouais. Bon. Ciao, bello ! Tu ne veux pas déjeuner avec moi à la Maison Blanche ?

— Non, je te dis. Dégage.

Rodolphe dit tout le temps ouais, porte des chemises Lacoste noires sous des costumes Paul Smith anthracite, ne met jamais de chaussettes, même en hiver. Chez lui, place des Ternes, sa penderie est remplie des mêmes vêtements en trente-six exemplaires. Il a résolu une fois pour toutes la question de l'élégance. Il boit trop, il fume trop, il s'asperge trop de vétiver, il parle trop de Paul Morand. Je me souviens de sa joie

41

lorsqu'il a découvert que l'écrivain avait signé des brochures publicitaires pour des laboratoires pharmaceutiques. Il était littéralement aux anges. Tous ses espoirs se concrétisaient. Il y avait eu un précédent. Rodolphe méprise son boulot avec intensité, c'est pour ça qu'il est un des meilleurs dans sa branche. Oui, mais il rêve d'écrire une série de nouvelles qui se passeraient toutes dans des hôtels. Il a aussi commencé un roman intitulé *Épilation maillot*. Il ne s'aime pas beaucoup, ce qui dans notre milieu constitue une qualité rare. Son divorce l'a laissé sur le flanc. Son ex-femme s'est remariée avec l'avocat qui la défendait. Rodolphe ne fera jamais d'enfant. Il a renoncé à la cocaïne. Un jour, il passera son permis de conduire. Je l'aime bien. Quand je l'ai connu, c'était le genre de type toujours prêt à faire la révolution, pourvu que ça ne soit pas avant onze heures du matin. Il a soixante-neuf numéros préenregistrés sur son portable. Le chiffre l'enchante. Il a dîné à Capri avec Sydne Rome. L'héroïne de *Quoi ?* était toujours aussi blonde. Elle avait toujours ses yeux bleus. J'appartiens à une génération que les jambes de Sydne

Rome ont fait rêver. Vous ne savez même pas qui c'est.

Ne pas oublier Musard. Boris Musard, notre P-DG, est chauve et orange. Il bronze à la lampe. Lui publie des livres, des essais sur l'époque. On l'invite souvent à la télévision. Ses nègres lui coûtent une fortune.

A l'agence, du reste, tous les autres veulent écrire un livre. Ils n'ont que ce mot-là à la bouche. Ils ont chacun leur idée de roman, un début qu'ils cajolent maniaquement, quelques lignes sauvegardées sur leur ordinateur. Rédiger des slogans ne leur suffit pas. Ils sont au-dessus de ça, les pauvres chéris. La publicité, à les croire, ils font ça en attendant. Leur vraie vocation est ailleurs. Tous ces futurs Goncourt en train de plancher sur des campagnes pour des serviettes hygiéniques ! Moi, ça ne m'a jamais gêné. Je me débrouille, dans mon truc. Pas d'états d'âme. Il y a eu des périodes où certains se demandaient sérieusement si on ne devait pas boycotter les fourrures, s'il ne fallait pas arrêter de travailler pour des pétroliers qui déclenchaient des catastrophes écologiques. Ces crises de conscience ne duraient pas. Elles avaient leur date de péremption, comme les yaourts. Un chèque, et tout le monde se rangeait, oubliait ce moment d'égarement, revenait sur ses principes. Un jour, ils raconteraient tout cela dans leurs chefs-d'œuvre. On verrait bien, alors. On verrait quelles âmes pures ils étaient en réalité. Pourtant, les rares écrivains que j'ai rencontrés ne rêvaient que de travailler pour nous. Nos tarifs les émerveillaient.

On s'enfonça dans l'automne. De nouveau, Paris s'habitua à la pluie, aux nuits qui bouffaient de plus en plus les jours. Maud était chargée par son agence de loger des acteurs américains en tournage dans la capitale. De mon côté, j'avais hérité d'une campagne pour une société de Bourse en ligne. Nous parlions de vous, de temps en temps.

Les changements furent sensibles, ensuite. Maud devint absente, lointaine. Je n'avais pas l'habitude. Elle riait moins, pensait à autre chose. Elle avait arrêté de s'acheter toutes sortes de vêtements, ces vêtements de marque qu'elle rapportait dans de grands sacs de carton noir avec des poignées en corde. Je lui offris une montre étanche chez un bijoutier proche de la place Vendôme. On ne peut pas dire que vous nous manquiez. Seulement, il y avait des instants où l'un de nous demandait à l'autre de vos nouvelles. Je pariai que vous ne nous donneriez pas signe de vie. Maud était sûre du contraire. Le temps passait. On vous oubliait un peu. Maud me présenta à de nouveaux amis. Elle connaissait des dentistes homosexuels, des architectes toulousains, des attachées de presse fashionistas. Nous fêtâmes son trentième anniversaire à la campagne, dans une maison qui avait jadis appartenu à une productrice de cinéma des années soixante. Maintenant, elle était occupée par un éditeur. Il y avait un tennis, mais pas de piscine. Beaucoup de guêpes. Le gâteau était protégé par une gigantesque cloche à fromage en treillage. Maud tricha sur son âge : elle se fit plus vieille qu'elle n'était. Tout le monde n'y vit que du feu. Elle jeta un bref coup d'œil vers moi et posa à toute allure un doigt sur ses lèvres. Je me souviens du sourire qu'elle eut à cet instant-là. Il était destiné à mon intention unique. Une romancière rousse poussa un hurlement. Une guêpe l'avait piquée au bras. Il fallut allonger la victime sur l'herbe. Un chauve en veste seersucker déclara qu'il était médecin. Il alla chercher sa trousse dans le coffre de sa BMW break et administra à l'auteur des *Grandes filles n'aiment pas les bébés* une injection de sérum, le mari du bas-bleu ayant informé l'assistance que Maryvonne était allergique aux piqûres de guêpes. On s'occupa d'autre chose. Maud voulut danser. Quelqu'un mit un disque. Un critique littéraire défia l'éditeur au tennis. Le bruit des balles ponctua la soirée. La Romancière Qui Ne Supportait Pas Les Piqûres De Guêpes revint à elle et demanda s'il restait du gâteau. Personne ne lui prêta attention. Un de ses livres avait été adapté en feuilleton sur la première chaîne. Richard arriva en nage, sa raquette à la main.

Puis nous reçûmes une lettre de vous. Ce fut la première d'une longue liste. Vous étiez très lettres. C'étaient de belles lettres, sur du papier très fin, presque transparent, avec votre écriture à l'encre outremer. Elles arrivaient dans leurs enveloppes bleu ciel, avec ces merveilleux timbres américains. Notre adresse était tapée à la machine. Vous nous donniez des nouvelles. Zoé avait eu un chien pour son anniversaire. L'hôtel vous avait envoyé un prospectus en couleur et vous vous demandiez si vous y retourneriez l'an prochain. Et nous ? Nous, vous savez, nous avons du mal à faire des plans à long terme. Est-ce que ça nous dirait de venir vous voir dans le Vermont ? Ça, par contre, c'était à envisager. Maud était à cent pour cent pour. Moi, j'hésitais. J'étais comme les autres : je respectais votre isolement. Une fois de plus, Maud prit les choses en main. C'était décidé : nous viendrions vers la mi-octobre. Ça serait encore l'été indien.

Là-dessus, Maud suivit des cours d'anglais chez Berlitz. Immersion totale. On ne saurait mieux dire.

La Bretonne boutonneuse avait été remplacée par une Marocaine qui était imbattable pour la pastilla. Le deuxième jour, elle avait scotché un mot à mon attention sur la porte du dressing :

« Monsieur, pardon pour avoir ne pas plier vos chemises comme vous d'habitude. J'espère que mon travail va pour vous. Dites-moi demain. Merci. Zara. »

Nous allions souvent à des réceptions, comme un couple marié. C'étaient les années quatre-vingt-dix. Bienvenue à bord. L'argent changeait de mains. On ne savait plus l'odeur qu'il avait. Maud s'achetait le nouveau chemisier Equipment. Les CD avaient remplacé définitivement les vinyls. Caroline de Monaco se remariait. Nous avions oublié de continuer à être amoureux d'elle. Isabelle Adjani, c'était pareil. Il y avait des gens qui mouraient, même ceux qui n'étaient pas célèbres. Le siège du Crédit Lyonnais brûla tout un dimanche. Les coupures publicitaires furent autorisées au milieu des films à la télévision. On s'en donna à cœur joie. Des amis vous confiaient leurs terribles secrets. On s'habitua à la laideur. Les murs étaient tagués. Les chansons devinrent du rap. Par moments, la peur montait. On ne voulait plus y penser. Devant les banques, les distributeurs crachaient leurs billets neufs. De plus en plus de femmes se voilaient. Les autres pratiquaient la chirurgie esthétique. Dans les deux cas, impossible de les reconnaître. Toutes ces filles en mini-jupe qui sortaient du côté droit des décapotables rouges. La ville était pleine d'inconnus qui vociféraient sur les trottoirs. Qu'est-ce que l'époque nous mijotait ?

Il ne manquait plus que ça. J'ai encore eu un PV. Cette fois, c'était la faute de Maud, entièrement. Un dimanche, nous étions allés déjeuner chez des amis à elle dans la forêt de Rambouillet. Cuisinaient très bien le gigot à la broche. La maison avait été photographiée dans *Interiors*. Au grenier, un vrai baby-foot de bistrot. Au retour, la nationale était bouchée avant Pontchartrain. Maud m'indiqua un raccourci sur la droite. Le chemin menait à un village.

– Merde, dit Maud. Ils ont mis un sens interdit. Les cons ! Il n'existait pas la dernière fois.

Je dis que ça ne faisait rien, on n'avait qu'à le prendre quand même. Maud ne m'a pas découragé. La route serpentait au milieu d'un champ pour aboutir à un bosquet. Là, surprise : une camionnette de la gendarmerie nous accueillit. Un moustachu à képi nous fit signe de nous arrêter. L'infraction crevait les yeux. Je signai les papiers que l'uniforme me tendit. Deux mois plus tard, j'ouvrais cette lettre recommandée. L'amende était salée. Maud me dit de ne pas payer. Elle en avait de bonnes.

Vos indications étaient précises. Je les ai suivies à la lettre. Après Hanover, j'ai pris la route 89. La Lexus de location était automatique et, au début, je confondais par habitude la pédale de frein avec l'embrayage. L'auto pilait net sur la chaussée. Je manquais à chaque fois me coller le nez dans le volant. Maud, c'était le tableau de bord. Elle me lançait des regards furibonds. J'ai traversé Windsor, puis je suis passé sur un pont qui enjambait le fleuve. Après, c'était la petite ville que vous nous aviez signalée. Sur la place, il y avait un musée, un magasin Tommy Hilfiger. Je reconnus l'église que vous aviez mentionnée sur le plan. Dépasser la bibliothèque municipale. Tourner tout de suite à gauche.

Ça devait être tout près. « La Panthère récalcitrante », annonçait le panneau de bois peint. Il n'y avait pas dix voitures sur le parking de l'hôtel. L'après-midi touchait à sa fin et la pluie hésitait encore à tomber. Maud frissonna et sortit. Elle étira ses bras vers le ciel en grognant. Elle avança d'un pas lent vers l'entrée.

A la réception, la patronne nous tendit un fax de vous : « Bienvenue dans le Vermont ! J'espère que vous avez fait bon voyage. Pour le dîner de ce soir, ça serait bien que vous veniez à six heures. Appelez-moi dès votre arrivée pour me dire si vous pouvez être là ou pas. Dans l'attente de vos nouvelles. Je vous redonne le numéro de la maison : (802) 362-5623.

» Impatiemment. Votre ami, Sebastian. »

Déjà la nuit. L'orage éclata au moment où nous quittâmes l'hôtel. Je conduisais avec une prudence peut-être excessive. L'essuie-glace faisait d'amples bras d'honneur sur le pare-brise, s'épuisant à repousser des litres d'eau. On n'y voyait rien. J'allumai le plafonnier pour consulter le plan que vous aviez joint au fax. Je roulais au pas. Le supermarché en question était bien là, à côté du McDonald's dont le M jaune surplombait le paysage en haut de son mât. Au prochain croisement, je prendrais à droite. Voilà. L'école, maintenant, en haut de la côte. Ensuite, il faut emprunter une route de campagne bordée de haies. Au bout d'un kilomètre, la route se transforme en chemin de terre. A intervalles réguliers, des boîtes aux lettres étaient perchées sur un piquet. A celle qui porterait le numéro 802, on y serait. Aucun nom sur la boîte, juste un chiffre. Plus loin, un écriteau avec la formule « *No trespassing* » qui me rappela le début de *Citizen Kane*. Une clôture entourait la propriété. Vous m'aviez dit de klaxonner deux fois, en faisant des appels de phare. La haute grille s'ouvrit automatiquement. La terre fut remplacée par du gravier. On y était. Bienvenue chez l'écrivain le plus énigmatique du siècle. Est-ce que j'aurais dû être ému ? Pénétrer dans votre domaine, aux confins du Vermont, n'était pas donné à tout le monde. Maud se taisait, remettait ses lunettes de soleil. Comment ne me suis-je douté de rien ? Croyais-je vraiment être quelqu'un de si intéressant pour que vous m'invitiez, vous qui fuyiez toute intrusion, craigniez les étrangers comme la peste ? Un paon se promenait sur l'herbe. Sur la véranda, un vieux canapé aux ressorts déglingués, trop défoncé pour avoir eu le droit de rester à l'intérieur.

Je n'en ai pas cru mes oreilles : vous avez mis *Strangers In the Night*. Vous avez osé. Vous nous avez accueillis en hochant la tête et en criant « Frankie ! » avec un immense sourire. Frankie tout court, comme s'il n'y avait rien à ajouter. Je n'ai rien contre Sinatra, mais vous auriez tout de même pu éviter de nous infliger son tube le plus usé, cette vieille mélasse que fredonnent tous les pianistes d'hôtel. Pourquoi pas *Feelings* pendant que vous y étiez ? Il y a des gens chez qui être démodé constitue une qualité. Chez vous, j'avoue, j'ai du mal.

– C'est grand, a dit Maud.

– Oui, assez. Bon sang, ça fait plaisir de vous voir.

La maison ne comportait qu'un seul niveau, mais elle s'étirait en longueur. Sur le toit, la parabole avait été montée récemment. Au fond du couloir, c'était la salle de gymnastique, avec son tapis de mousse et ses espaliers.

— Une partie de squash ?

— Non, merci.

— Vous préférez le tennis de table ?

Une paire de skis était appuyée dans un coin. Les bâtons pendaient des spatules, attachés par leur dragonne. J'ai passé mon doigt sur les carres. Elles étaient couvertes de poussière. Cela me fit un trait noir sur la peau.

— J'ai skié souvent à Aspen avec Jack Nicholson. Il n'y a pas de quoi se vanter. On se couchait très tard. On dévalait les pistes comme des sauvages. Jack me disait toujours qu'il voulait adapter un de mes romans au cinéma. Il ne précisait jamais lequel. Pas fou. J'étais le plus vieux de la bande. J'ai renoncé à skier dans les années soixante-dix.

Moi, depuis mon accident, je ne pouvais plus skier. C'était un de mes grands regrets. J'avais toujours associé les vacances à la montagne, avec des épisodes romantiques, des baisers échangés sur les télésièges, des filles seules en anorak rouge qui slalomaient dans la poudreuse des Pyrénées espagnoles, les soirs à l'hôtel devant le feu de cheminée avec les tournées de vodka-orange, les monitrices en pull bleu marine, les disques de Steely Dan, les divorcées aux cheveux tirés en arrière. Avec de la chance, les nuits agitées étaient plus épuisantes que dix pistes noires d'affilée. Il y avait aussi l'heure des crêpes, les courtes siestes en fin d'après-midi, l'odeur du shampooing aux herbes et des crèmes adoucissantes, la longue table du dîner, les gentils petits vins de pays. C'est comme ça. Je ne me lassais pas de regarder la neige. Parfois, elle était presque aveuglante. Cela donnait le tournis. Dès qu'il neige à Paris, je revois les pentes vierges du matin avant l'ouverture, j'entends à nouveau le fracas métallique des téléskis, le grondement de la dameuse, le bruit des carres sur les plaques de verglas. J'ai vingt ans ; ma jambe est encore intacte, j'ai envie de raconter ça aux enfants que je n'aurai pas.

Vous aviez à la main votre troisième verre de vin, un chardonnay australien. Vous nous avez demandé comment était l'hôtel avant de vous lancer dans une explication bizarre sur les origines de cette Panthère récalcitrante, une histoire de chasseurs qui n'arrivaient pas à tuer l'animal. Pour ce premier dîner, vous avez fait la cuisine : asperges vertes, coquilles Saint-Jacques, pain de maïs. Comme vin, du lalande-de-pomerol. Monsieur savait vivre. Des plaques bleues de rues parisiennes ornaient les murs de brique. Encadré sous verre, il y avait le bandeau de John Ford, une rareté que vous aviez achetée aux enchères. Des lycéens avaient tiré sur leurs camarades dans un État voisin. La chose vous tracassait beaucoup. Je n'avais pas d'avis sur la question. Maud resservit du bordeaux. Vous vouliez savoir si le phénomène était possible en France, si les armes étaient en vente libre chez nous. Selon vous, ça n'aurait servi à rien de les interdire. Il s'agissait d'un problème d'éducation. Tout le système scolaire américain était à revoir.

— Curieux pays que le nôtre : les livreurs de pizzas arrivent plus vite que Police-Secours.

Je hochai la tête. Le décalage horaire me donnait des suées. Le vin rouge n'arrangeait rien.

Maud était une auditrice attentive. Vos histoires la captivaient. Il y avait le fait qu'elle parlait anglais beaucoup mieux que moi, aussi. Par moments, je perdais le fil.

— Je peux ? avez-vous fait en montrant votre paquet de cigarettes.

— Oui, à condition que je puisse en prendre une aussi, a dit Maud.

Vous avez allumé deux cigarettes et en avez tendu une à Maud. J'esquissai un petit geste pour signifier que je ne fumais pas.

Il émanait de vous une étrange aura de nostalgie et de solitude. Vous en aviez sûrement bavé plus que vous ne le disiez. Sinon, pourquoi tout cet alcool ? A quoi bon ces innombrables précautions pour sauvegarder votre intimité ? Pourquoi tous ces trous dans votre biographie ? Quel démon vous empêchait de publier ? Ce sont des questions qui restent sans réponse. J'aurais pu vous les poser, à l'époque, tant qu'il en était encore temps. Je ne vous méprisais pas encore, à ce moment-là. Le mépris – oui – est venu plus tard.

Vous nous avez raccompagnés à la voiture, en disant que c'était idiot de rester dans cet hôtel. Demain, il fallait s'installer ici. Vous avez embrassé Maud sur les joues. Je vous ai serré la main. Vous nous avez conseillé d'être prudents. Dans un virage, j'ai crevé. Nous avons roulé dix kilomètres sur la jante, jusqu'à l'hôtel.

Quand je me réveillai le lendemain, la première chose à laquelle je pensai fut la voiture. Vous nous avez envoyé un dépanneur qui nous réclama cinquante dollars pour changer la roue. Le soleil inondait d'une lumière éclatante le parking sur lequel le garagiste manœuvrait son camion à grue. Dans le ciel, un oiseau dérivait sans grâce. Maud écrasa sa cigarette sur le bitume et retourna à l'hôtel. Elle en avait assez vu.

Elle prit le volant jusqu'à chez vous. Elle fonçait sur la route étroite, la radio réglée au maximum. Je lui dis de faire attention aux panneaux. Elle conduisait d'une main, battant la mesure avec l'autre sur sa cuisse. A la fin de la chanson, elle sortit une cigarette, appuya sur l'allume-cigare qui ne marchait pas. Des deux côtés, il y avait des broussailles basses, peut-être un fossé. Maud ne se trompa pas une seule fois.

En coupant le contact, elle baissa les yeux et s'aperçut qu'elle tenait encore la cigarette pas allumée. Elle chercha un briquet dans sa poche, descendit et claqua la portière. La flamme jaillit entre ses doigts.

Vous étiez encore en pyjama, bien qu'il fût déjà près de midi. C'était un pyjama en coton à rayures bleu et blanc. Je n'ai pas pu m'empêcher de penser que les écrivains ne devraient pas avoir cette dégaine-là. En tout cas, ça n'est jamais de cette façon qu'on les représente dans les publicités. Mais vous vous en foutiez sûrement. Ça n'est pas moi qui vous donnerais tort.

Notre chambre était à l'entresol. Le soir, Maud m'a embrassé, debout devant les lits jumeaux.

– Tu seras toujours mon grand frère.

Dans le lit, elle prit le côté droit. A Paris, c'était toujours le gauche. Elle déposa sa montre sur la table de nuit. C'était bizarre, il n'y avait aucun livre dans la pièce. Nous nous sommes endormis assez vite. Maud a lu un peu. De mon côté, j'ai plongé dans un sommeil sans rêve. Je me suis mis à aimer le silence qui régnait dans votre propriété. Le matin, il y avait quelque chose de magique, d'irréel, dans ce silence, comme si c'était un détail que vous aviez réglé vous-même pour le bien-être de vos invités.

Les journées étaient légères, confiantes et gaies. Voici comment cela se passait. La plupart du temps, je m'éveillais le premier. Je prenais une douche en faisant le moins de bruit possible. Parfois, la lumière était restée allumée dans la cabane en rondins qui vous tenait lieu de bureau. Sur la pelouse, le paon avait replié ses plumes. Je m'avançais dans l'herbe humide de rosée. Le paysage bougeait. Il y avait un étang. Une barque était amarrée à un ponton. Par la fenêtre, je vous observais. Vous étiez endormi sur votre machine à écrire, la tête enfouie dans vos bras. Je n'osais pas vous déranger. Vous aviez l'âge de mon père, à deux ans près. J'effectuais de savants calculs mentaux. Aujourd'hui, si je ne me trompe pas, votre célèbre héros, le professeur Warren Bird qui se demande comment hivernent les ours du zoo de Central Park, aurait soixante-trois ans.

Vous nous rejoigniez dans la cuisine. Maud avait fait griller du pain. Le café passait dans son filtre. Une agréable odeur de brûlé baignait la pièce. Le journal local était ouvert sur la table de bois. Vous portiez vos lunettes métalliques d'aviateur. On se voyait dedans comme dans un miroir. Vous aviez le teint gris, la peau tellement ridée que votre visage ressemblait à une coquille d'huître. Durant le petit déjeuner, vous avez évoqué —comment la conversation en est-elle arrivée là ? – la liaison que vous aviez eue avec une poétesse qui avait fini par se suicider. Votre fils avait alors trois ans. C'est lui qui a trouvé Samantha la première fois qu'elle a avalé des barbituriques. Elle gisait inconsciente sur le carrelage de la salle de bains. Luke est venu vous chercher en courant. Samantha entra à l'hôpital : cure de sommeil. A la tentative suivante, Samantha fit mieux les choses. Elle s'ouvrit les poignets avec une de vos lames de rasoir. L'eau de la baignoire était rouge vif. « Sans doute la femme que j'ai le plus aimée », avez-vous lâché avant de reprendre du café. Vous avez ordonné à Luke de ne pas bouger de la cuisine. Le soir, pour le rassurer, vous avez inventé exprès une histoire où les princesses se reposaient tout habillées dans les baignoires pour que leurs songes ne s'envolent pas lorsqu'elles se réveillaient. Vous avez appelé ça l'histoire de la baignoire. Chaque soir, pendant des semaines, vous y avez eu droit. Dans votre famille, l'histoire de la baignoire est devenue un classique. A vingt ans, votre fils fondait un groupe de rock baptisé Masturbation.

Vous repreniez du café. Noir, sans sucre. Vous rangiez votre tasse en faisant claquer votre langue. C'était l'heure de la promenade. Le chien jappait déjà, vous sautait dans les jambes. Vous nous appreniez le nom des oiseaux. Le bas de votre pantalon rentrait dans vos bottes de caoutchouc vert. Vous aviez votre canne, une casquette écossaise, un Barbour défraîchi. Vous faisiez demi-tour dans le pré pour revenir chercher vos cigarettes. Les arbres étaient roux, le ciel d'un gris changeant. C'était une bonne route pour marcher, avec de légères côtes et des endroits où les branches des arbres formaient presque un tunnel. Le chien reniflait les fossés. Il était exceptionnellement rare de croiser une voiture, sauf le car scolaire jaune auquel vous adressiez un petit salut. Vous vous arrêtiez pour allumer une cigarette, votre canne coincée sous le bras. Je secouais la tête : non, pas pour moi. Cette vie m'aurait plutôt convenu, en vieillissant. Maud, les chiens, la maison, je n'avais rien contre ce catalogue à la Ralph Lauren. Souvent, je laissais Maud vous accompagner.

En rentrant, nous prenions un verre dans la bibliothèque. Vous avez sorti l'édition originale de *The Great Gatsby*, celle de 1925, avec la couverture bleue et les lunettes du Dr Eckelburg dessinées dessus. Moi aussi j'avais adoré ce roman. Moi aussi je m'étais acheté des chemises par dizaines (une des scènes que je préférais dans le livre : le héros faisant voltiger ses chemises pour épater Daisy). Cela m'avait passé. En gros, depuis qu'à Saint-Germain les cafés et les librairies ont été remplacés par des boutiques de vêtements pour hommes. Moi aussi j'ai failli être un produit de mon époque ;

j'ai hésité à porter des jeans noirs et des tee-shirts anthracite.

La bibliothèque regorgeait de livres. Il y en avait partout. Je ne sais pas si vous aviez cessé d'écrire, mais lire, visiblement vous n'y aviez pas renoncé. Sur les rayonnages, vos œuvres complètes étaient là, classées par traductions. Il y avait même *The Vicarious Lover* en slovène.

– C'est ça, le succès : être traduit dans des langues dont on ignorait jusqu'à l'existence. J'ai commencé à m'inquiéter le jour où je me suis aperçu que j'avais vendu plus de livres que n'en contenait ma bibliothèque. Ça m'a fait tout drôle. Le contact avec le public a fini par me dégoûter. L'idée de tous ces gens posant leurs doigts sur mes romans.

Vous avez attrapé un exemplaire d'*Amours désastreuses*, fait défiler les pages sous votre pouce. Dans vos titres, il y avait souvent le mot amour. En tout, vous avez écrit deux romans, trente-cinq nouvelles, dont seulement treize ont été publiées en volume. Vos fans s'arrachent les vingt-deux autres, disséminées dans diverses revues.

— Le drame, vous savez, c'est qu'il faut quand même être salement pourri pour réussir à faire rêver les gens. Mon thème de prédilection était la beauté enfouie. *How do we deal with grief and loss ?* N'écoutez pas, je suis saoul. Ma première femme m'a quitté le jour où John Fitzgerald Kennedy a été assassiné. J'ai estimé qu'à l'époque les journaux n'avaient pas accordé beaucoup de place à ma tragédie personnelle. Je dormais encore. J'avais trop bu la veille. J'ai appris la nouvelle assez tard. Je m'en suis toujours voulu d'avoir été un des derniers. Elizabeth n'était déjà plus là. Elle n'avait pas laissé un mot, rien. La suite se régla avec son avocat. Allez, oublions tout ça. Buvons. *Salud, pesetas y amor !*

Je vous ai encore écouté déconner pendant une demi-heure. A la trente et unième minute, j'en ai eu marre. Je suis descendu prendre une douche. Maud dormait sur le lit. Son plaid avait glissé. Je le lui ai ramené sur les épaules. Elle bougea.

— Je déteste qu'on me regarde dormir, dit-elle.

— Mais je te regarde tout le temps.

— Pas comme ça. C'est injuste. On n'a pas le droit. Le sommeil fait partie de la vie privée.

— Bon, bon, fis-je en agitant les mains.

Si elle le prenait comme ça.

— Tu m'espionnes. Je n'aime pas ça. Tu commences par me regarder dormir et cela se terminera par des détectives qui me suivent quand je ne suis pas avec toi.

Dehors, il n'y avait plus de bruits d'oiseaux. On était encore l'après-midi. On avait interdit au chien de rentrer dans la maison parce que, le matin, il s'était une fois de plus roulé dans une bouse de vache. On l'avait aspergé au tuyau d'arrosage pour le nettoyer, mais l'odeur était tenace. Il y avait une cabane dans un arbre. Votre paranoïa était tellement ancrée dans les esprits que dans les journaux on avait prétendu qu'il s'agissait d'un mirador. Naturellement, Maud voulut y grimper. Elle voulait tout voir. Cela faisait longtemps qu'elle n'avait pas été comme ça, aussi en forme. Vous la teniez par le bras, vous lui parliez si gentiment, avec votre accent que je n'arrive toujours pas à imiter, votre petit rire étouffé de thyroïdien. Le matin, elle vous accompagnait jusqu'à la boîte aux lettres. Vous remontiez le chemin avec une poignée d'enveloppes, un ou deux livres dans leur emballage molletonné dont vous faisiez exploser les bulles une par une, entre vos doigts. Vous jetiez les neuf dixièmes de votre courrier au panier, sans l'ouvrir. Maud aimait faire les courses avec vous, pousser un chariot dans les allées du supermarché, choisir du pain complet et des bagels à la boulangerie à côté du drugstore où vous vous ravitailliez en journaux. Vous conduisiez un minibus Volkswagen antédiluvien. L'après-midi, il valait mieux vous laisser tranquille. Vos séances de méditation étaient sacrées. Pour rien au monde vous n'en auriez sauté une. Elles avaient lieu de deux à quatre, impérativement. Vous vous enfermiez dans votre chambre, tout au fond, porte verrouillée. J'en profitais pour faire la sieste sur le canapé du salon ou, quand la météo le permettait, sur la balancelle de la véranda. Maud lisait des magazines, détachait des recettes de cuisine, se mettait du vernis sur les ongles des pieds. On vous revoyait à l'heure du thé.

Sur le gaz, la bouilloire émettait un sifflement de locomotive s'engouffrant dans un tunnel. Les biscuits secs avaient un peu le goût de poussière. Vous aviez l'air en pleine forme. Votre bouddhisme vous réussissait. Je vous autorisais à vous moquer de mes cheveux ébouriffés. Souvent, vous demandiez à Maud si elle ne s'ennuyait pas. Elle secouait la tête en rougissant. C'est vrai qu'on devrait toujours demander aux filles si elles ne s'ennuient pas. J'aurais dû faire plus attention à ce genre de trucs. A part ça, il faut reconnaître que vous n'avez pas essayé de faire du prosélytisme. Vous nous fichiez une paix royale avec vos exercices spirituels. Vous vous excusiez simplement d'être obligé de nous abandonner une heure ou deux chaque jour.

Une chaîne câblée diffusa *Ce plaisir qu'on dit charnel*. Cette passion que vous aviez pour Candice Bergen jeune. Vous aviez vu tous ses films. Vous ne ratiez pas un épisode de *Murphy Brown*.

Maud, encore. La lumière jaune jouait sur ses bras. Sa minceur me sidérait toujours : un point d'exclamation. Elle était étendue sur une chaise longue, balançant au bout de ses orteils la chaussure qu'elle avait à moitié enlevée. Elle me regardait sans sourire.

— Tu te fais une drôle d'idée de l'espèce humaine, dit-elle.

(C'était son nouveau truc, ça : prétendre que je détestais la terre entière. Traduction : j'étais un type invivable.)

J'essayais de m'imaginer la silhouette qu'elle aurait eue, enceinte. Nous ne parlions plus jamais d'enfant. Est-ce qu'elle aurait eu le ventre en pointe ou bien se serait-elle transformée en culbuto ? Aurait-elle marché les pieds écartés en soufflant à chaque pas, les joues marquées de couperose ? Dans la rue, les femmes enceintes avaient l'air soit indécemment épanouies, soit cent pour cent accablées. Il n'y avait pas de milieu. A quelle catégorie aurait-elle appartenu ?

— A quoi tu penses ?

Je n'allais sûrement pas lui répondre. Elle posa la main sur sa cuisse. Nous demeurâmes un instant silencieux. J'aimais bien les moments où elle penchait la tête sur le côté.

– Qu'elles sont basses, ces chaises ! Il faudrait une fourchette à escargots pour s'en extraire.

– Vous n'êtes pas un escargot, avez-vous dit.

Eté indien. C'était la saison des gin-pamplemousse. Vous consultiez toujours votre montre avant de décider l'heure du premier verre. Au fil des jours, je remarquai que l'événement avait lieu de plus en plus tôt. Un soir, vous avez dit qu'il ne fallait jamais boire avant la nuit tombée. Vous avez ajouté : « Bien sûr, il ne s'agit là que d'une théorie », avant de conclure avec un fin sourire : « Sinon, comment ferait-on en été, hein, dites-le-moi ? »

Quand vous étiez d'attaque, vous pressiez vous-même les pamplemousses. La plupart du temps, des jus de fruits faisaient l'affaire. Vous leviez votre verre dans la lumière du soleil couchant ; le liquide jaune pâle se balançait lentement.

— La première fois que j'ai bu ça, c'était avec une femme que j'ai réussi à ne pas épouser. Sophie était architecte. Elle est devenue folle. Je veux dire une vraie folle : camisole et tout le bataclan. On peut dire que j'ai eu chaud. Cela n'empêche pas mes mariages d'avoir été de pures catastrophes. Mais comment trouvez-vous cela ?

Vous saisissiez la bouteille de gin, versiez l'alcool en haussant les sourcils — l'attention que vous portiez à cette tâche —, mélangiez avec le pamplemousse. (« Comme ça ? Pas plus ? Sûr ? ») Il y avait de merveilleuses cacahuètes grillées au goût presque caramélisé que je n'ai jamais mangées ailleurs que chez vous, le soir, quand vous étiez assis sur une marche de la véranda.

Inutile de le préciser : je n'ai jamais pu retoucher, depuis, à une goutte de gin-pample-mousse.

Le fait est que nous n'aurions pas dû répondre à votre invitation. Nous n'en serions pas là. Seulement, vous sembliez si sincère, si dési-

71

reux de nous recevoir chez vous. Maud ne se tenait plus.

Je ne me suis jamais fait une très haute idée des écrivains, mais quand même. Je trouve que vous êtes allé un peu loin. Ou alors, il ne fallait pas sympathiser. Il fallait au contraire annoncer la couleur. Ç'aurait été plus simple, ç'aurait été moins sale. Si vous aviez dit, je ne sais pas moi, mettons : « Voilà, je suis un vieux schnock qui veut baiser votre femme », les choses auraient été claires. Je ne dis pas que je vous en aurais moins voulu, mais je n'aurais pas eu l'impression d'être le couillon intégral. J'aurais tout fait pour éviter qu'on en arrive là. Je vous aurais énuméré la dizaine de choses que je déteste chez Maud :

Euh, aucune.

Nous étions revenus à Paris. L'automne fut long et magnifique. On ne vit pas arriver l'hiver. Maud aimait ces fins d'après-midi en novembre. Un facteur sonna à la porte, armé de calendriers. Noël approchait. Nous étions toujours ensemble. Le matin, la femme de ménage passe l'aspirateur. Maud est au téléphone. Elle a décidé de ne plus travailler que l'après-midi.

– Dans l'immobilier, les clients sérieux ne se lèvent jamais aux aurores !

Autour de nous, les gens commençaient à mourir. Désormais, je me rendais plus souvent à des enterrements qu'à des mariages. Au moins, il n'y a pas besoin d'être invité. La Pagode venait de rouvrir. Un dimanche, nous sommes allés voir un film japonais en noir et blanc après avoir fait la queue rue de Babylone sous la pluie. La bande originale comprenait des chansons de Nat King Cole. Le lendemain, Maud acheta le CD au sous-sol du Bon Marché. Je vous dis ça parce que je sais que vous aimez le jazz. Je dus partir pour la Corrèze où mon père relevait d'une sale opération.

– J'aime bien Tulle, dit Maud.

– Tu connais ?

– Non, mais ils ont une bonne équipe de rugby.

Mon père est plus jeune que vous, quand j'y pense. Ça me fait tout drôle. Quand je lui parle de vous, votre nom ne lui dit rien. La fois où je lui ai demandé pourquoi il avait quitté ma mère, il y avait des années, il m'avait répondu :

— Essaye donc de vivre avec un ange...

Mes parents ont divorcé lorsque j'avais cinq ans. Je me suis juré de ne jamais me marier. Je crois que mon père a continué à aimer ma mère jusqu'au bout. Il ne s'est pas remarié. Il a eu des aventures, mais il a toujours évité de me présenter ses conquêtes, ce dont lui sait gré le vieux puritain que je suis. Ma mère, elle, vit en Irlande avec un baron autrichien. Mon père m'a invité dans un restaurant où il n'a presque pas touché à son assiette. En passant derrière lui pour aller me laver les mains, je me suis arrêté. Je n'avais jamais remarqué qu'il avait les cheveux aussi fins et clairsemés.

Le soir de Noël, j'emmenai Maud à la messe de minuit à Notre-Dame. C'était la première fois de ma vie que je faisais une chose pareille. Je ne sais pas ce qui m'avait pris.

Maud dormait déjà depuis longtemps. J'éteignis après les informations sur LCI. Plus tard, je me réveillai et, sans y réfléchir, je sus que c'était à cause de Maud. Elle pleurait dans le lit. Je n'avais pas la moindre idée de l'heure qu'il était. La chambre était plongée dans le noir. Maud alluma une cigarette. A la lueur de son briquet, je vis son profil baigné de larmes.

– Pourquoi pleures-tu ?

– Je pleure parce que j'ai sommeil. Je pleure parce que je n'arrive pas à dormir. Je pleure parce qu'à vingt ans je ne voyais pas la vie comme ça. Je pleure parce que je n'ai plus vingt ans. Je pleure parce que je ne sais pas si je dois le regretter.

Elle renifla, tira sur sa cigarette dont le bout rouge était la seule lueur dans la pièce.

– Je pleure parce que l'hiver dure trop long-temps. Je pleure parce que tu ne m'as pas emmenée à Lisbonne à Noël. Je pleure parce que ma mère a divorcé quand j'avais dix ans.

Avec sa main gauche, elle serrait son coude droit. Elle se leva pour éteindre sa cigarette sous le robinet du lavabo.

— Je pleure parce qu'il n'y avait pas de taxis à la gare du Nord et qu'il tombait des cordes. Quand tu y songes, ce ne sont pas les raisons de pleurer qui manquent. Tu n'as pas envie de pleurer, toi ?

Je ne sus pas quoi répondre. Elle revint de la salle de bains et s'allongea à sa place sur le lit, côté gauche. Le silence revint très vite. Sa respiration produisait un sifflement très léger. J'eus toutes les peines du monde à me rendormir.

J'aimerais ne pas avoir cette histoire à raconter. J'aurais pu faire comme si rien ne s'était passé. Tout cela a été si soudain, si inattendu. Il est relativement facile de pardonner. Il suffit que l'objet du délit ne soit pas la confiance que vous portiez au genre humain ou du moins à l'un de ses représentants. Je ne pouvais pas effacer toutes ces années avec Maud d'un coup de serpillière. Je crois qu'il y a des histoires qui ne finissent jamais. La nôtre est celle de deux personnes qui ont essayé de s'aimer, qui n'y sont pas arrivées et qui le regretteront toute leur vie. Je voulais que Maud m'apprenne les

76

extrêmes, la passion, l'inhabituel. De ce côté-là, j'ai été servi. Je me suis enfoncé jusqu'au cou dans le désespoir. Qu'est-ce que vous voulez que je vous dise ? En gros, vous faites partie de la bande de salopards qui ont bousillé ma vie. Vous n'êtes pas le seul. Tout un tas d'écrivains que j'ai admirés sont dans ce cas.

Un soir, un ami plus jeune que moi m'a demandé ce que ça faisait d'être quitté par une femme. Je n'ai pas été capable de lui répondre. Il me prenait pour un ancien combattant de l'amour, le vétéran des plaqués. Je ne pouvais lui raconter les réveils à deux, tout le reste, les rigolades, les surnoms qui deviennent très vite ridicules, les taxis sous la pluie, les manteaux jetés sur le canapé, les coups de sonnette à huit heures du soir, les escarpins alignés dans le dressing comme des horse-guards à la parade. Ou les restaurants, les tables du fond, les petits pains enroulés dans leur serviette. Comment décrire cela, ce que c'était d'attendre dans un aéroport, de scruter l'écran des arrivées, les petites lettres blanches qui défilaient en cas-

table anglaise était exposée sur un présentoir tournant. Maud ne m'avait pas vu. Elle glissait, la main sur la rampe coulissante, en regardant la foule autour d'elle, son sac en bandoulière sur l'épaule droite. Des types se retournaient sur elle. Elle ne s'en apercevait même plus tellement elle avait l'habitude. J'aurais pu être l'un d'eux. Elle était enveloppée dans un imperméable beige serré à la taille. Elle l'avait mis si souvent que les poignets commençaient à s'effranger.

Elle revenait de Toulouse où elle avait accompagné un avocat d'affaires qui cherchait à acheter un château dans la région. Ses voyages étaient aussi brefs qu'imprévus. Elle partait en laissant un Post-it sur la porte du frigo. Durant deux jours, j'avais été seul. Durant deux jours, j'avais pensé à elle. J'avais revu *The Last Picture Show* qui passait à quatre heures du matin sur Canal Plus.

Si elle n'était pas revenue, j'aurais pris le premier avion pour n'importe où, me répétant que la vie était un bordel désolant. Quand même, j'étais salement amoureux. J'ai levé le bras et Maud s'est tournée vers moi. Elle n'a pas souri

80

tout de suite. J'ai attrapé son sac. A la station, un taxi monospace nous attendait. Maud voulut aller dans un restaurant chinois. Elle m'avait rapporté de l'after-shave au genièvre.

— Cinq kilos.

Ça faisait beaucoup. Elle avait dit ça sans agressivité, avec une voix ferme et navrée. Je venais de lui demander combien elle avait pris. En réalité, ça devait être plus. Voilà l'embêtant avec les actrices. Quand elles sont jeunes, elles trichent sur leur poids. En vieillissant, elles mentent sur leur âge.

Elle s'était encore fait lifter. Son visage était un perpétuel chantier, un Berlin-Est de chair et de rides. L'agence m'avait chargé de négocier avec Margot pour une campagne concernant un substitut de repas. Pour les photos, on se débrouillait mais, pour les spots, son embonpoint récent constituait un handicap. Elle était mariée à un réalisateur de cinéma qui ne tournait plus que pour la télévision, ce qui compliquait les choses. Margot tenait absolument à ce que Grégory mette en scène la campagne.

Un bien fou

Je la connaissais depuis longtemps. A l'époque, elle animait une émission de nuit sur une radio libre. Les studios se logeaient au dernier étage d'un immeuble porte Maillot. Elle m'avait invité en tant que « jeune loup de la pub » – du moins, c'est ainsi qu'elle m'avait présenté à l'antenne. Nous nous étions revus. Elle avait déjà ses rondeurs. Assez vite, elle commença à obtenir de petits rôles dans des comédies sans prétention. Vraiment, personne n'aurait pensé qu'elle deviendrait une vedette, le genre de fille qui a le droit de relire les articles sur elle avant leur publication. A part ses lunettes, qui maintenant étaient noires, elle n'avait pas changé. Elle était si enjôleuse que les journalistes qui la rencontraient pour la première fois pouvaient s'imaginer avoir eu une histoire avec elle quelques années auparavant. C'était l'effet qu'elle faisait à tous les garçons. Résultat : quand je disais être sorti avec elle au début des années quatre-vingt, personne ne me croyait. C'était injuste et rigolo.

Elle avait froid. Le chauffage ne marchait pas. Elle venait d'emménager dans ce duplex de la rue de l'Université ayant appartenu à ce producteur qui avait été assassiné dans un ascenseur de la tour Montparnasse (jamais retrouvé le coupable). Elle chialait à moitié, soudain. A l'écran, les larmes étaient sa marque de fabrique.

– Mais merde, vous avez vu la vie que j'ai ! Je ne peux faire aucune des choses que vous faites tous sans même y penser. Je ne peux pas emmener mon fils au McDonald's le mercredi. Je ne peux pas aller le chercher à l'école. Chez moi, je suis obligée de tirer les rideaux à longueur de journée au cas où des paparazzi loueraient l'appartement d'en face. Je n'ouvre jamais les volets de ma chambre. Je dois faire attention à mon poids, à mes propos, à mes tenues. J'ai un garde du corps à qui il faut que je parle même si j'ai envie de me taire. Qu'est-ce que vous voulez ? Je suis connue depuis l'âge de vingt ans. J'ai un fan-club au Japon. Vous vous rendez compte : des gamines de Tokyo m'envoient des photos à dédicacer !

– Tu me vouvoies, maintenant ?

Je lui dis le prix que l'agence lui proposait. Elle cessa de pleurer. Cette vieille Margot, va.

Je repensai à toutes ces filles vaguement actrices que nous avions baisées à tort et à travers en 1980 et quelque. Qu'étaient-elles devenues ? C'était quelque chose. Mitterrand venait d'être élu. Nous ne pensions pas que ça serait pour si longtemps. Surtout, nous ne pensions pas à l'époque que nous allions vieillir avec lui. Oui, mais voilà : nous avons eu quarante ans sous le règne de François Mitterrand. Le fric que nous avons pu gagner sous son septennat ! Il faut que j'arrête de repenser tout le temps au passé.

Il y avait un match de football quelque part dans Paris. Des supporters braillaient sur les trottoirs. Maud frissonnait. Elle se colla contre moi. Elle avait peur de la foule. Je bénissais les hooligans avec leurs écharpes multicolores et leurs visages peinturlurés. Le boulevard Saint-Germain était entièrement bouché. Les conducteurs descendaient de leur voiture. Les klaxons s'époumonaient pour rien. Les cafés avaient rentré leur terrasse. Je cherchais un endroit tranquille, un restaurant où il n'y aurait eu personne, une salle de cinéma un peu vide.

Maud avait beaucoup de choses pour elle. Elle était insupportablement adorable. J'aimais ses larges épaules d'ancienne championne de natation (cent mètres nage libre en moins d'une minute). Elle était sensationnelle en maillot de bain. Elle avait vécu avec des hommes plus âgés qu'elle (Fabrice, informaticien ; Laurent, conseiller d'État ; Jules, producteur de télévision). Elle avait eu un labrador avec un bandana noué autour du cou (Black, écrasé par une Audi cabriolet à Saint-Rémy-de-Provence), avait été végétarienne pendant six mois (s'était remise à la viande en pleine crise de la vache folle), s'était cassé le tibia en faisant du skate-board (esplanade du Trocadéro), avait miraculeusement échappé à un accident de plongée (Porquerolles, juin 93). Son père possédait un hôtel sur la côte basque (trois étoiles, 16 sur 20 dans le Gault-Millau). Ses frères aînés s'étaient tous les deux spécialisés dans le sauvetage en montagne (Tignes). A part ça, elle ne détestait pas vivre seule.

— Et ta mère ?

— Personne ne mentait comme ma mère Heureusement que je me suis fâchée avec elle à l'adolescence. Sinon, elle m'aurait piqué tous mes petits amis.

Je ne jugeai pas utile d'insister.

Une fois, Maud avait comparé la publicité à la pornographie. Toujours fin, j'eus le malheur de lui rétorquer que l'immobilier équivalait à la prostitution. Elle claqua la porte. Je ne la revis pas de la journée. Le soir, elle m'emmena prendre un couscous au dernier étage de l'Institut du monde arabe.

— Même vue qu'à la Tour d'Argent, la ruine en moins !

Le sidi-brahim teintait ses lèvres de rouge. Maud joua les jalouses.

— Tu as sûrement connu une ribambelle de filles, de ces idiotes décolorées avec un pull en V trop large pour montrer leurs seins et qui se demandent tout le temps avec qui elles vont aller déjeuner.

– Un déjeuner avec une fille, ça n'engage à rien.

– Mais un dîner, si, c'est ça ? Une fille qui accepte un dîner, c'est dans la poche, hein ? Qu'est-ce que vous pouvez être minables, des fois, les hommes !

– On ne dit pas des fois.

Elle me lança sa serviette à la figure. Ces conversations me remplissaient d'espoir et d'appréhension.

Sur les quais, une Ford Corsa pleine de Noirs immatriculée 91 nous fit une queue de poisson. Notre taxi pila en s'excusant. Paris, Paris.

Je dormis mal, cette nuit-là. Maud n'avait pas tout à fait tort. J'en avais un peu assez de la publicité. Pour vous donner le niveau, j'étais peut-être le moins analphabète de l'agence. Rodolphe ne pense qu'à baiser. Boris ne s'intéresse qu'à son fric. Je passe pour le littéraire de la bande. Par exemple, c'est moi qui ai convaincu John Irving pour la campagne dont le slogan était « Le monde selon Gap ».

Je m'étais pourtant juré que, dans cette

lettre, je n'utiliserais aucun nom de marque. Je fais déjà trop ça dans mon métier.

Je suis sur la pente savonneuse. Qu'est-ce que je fais de mes journées ? Je prends des taxis, je bois trop de café, j'écoute des CD étrangers dont je ne comprends pas les paroles, j'achète les journaux par brassées, je dîne dans des restaurants à la mode où le ceviche est à des tarifs extravagants. Je loue des cassettes vidéo en version doublée, j'entends des voix bizarres, je me branle plus souvent que je ne baise. Il y a bien eu cette Italienne en jupe de satin gris que j'ai ramenée un soir des Bains. Elle a voulu aller à l'hôtel (Montalembert). Je me suis endormi tout de suite après. A mon réveil, la fille était partie. Je ne savais même plus si c'était elle qui était dessus.

J'ai l'impression que le café gargouille dans mes veines. Mon sang atteint des températures anormales. Il y a eu des semaines où j'avais envie de ne pas dessaouler. Je m'enfonce les doigts dans la gorge pour essayer de dégueuler un bon coup. Ça ne marche pas. J'ai les yeux aussi rouges que si j'avais chialé toute la nuit.

L'appartement se languit de la présence de Maud. Avec elle, le salon ne serait pas dans cet état. Si ça continue, mon pauvre cœur me lâchera alors que je serai en train de me masturber dans les chiottes. Ça ne sera pas beau à voir. Pourquoi est-ce que je vous dis tout ça ?

Normalement, raconter l'histoire de ma vie est une idée qui ne m'aurait pas effleuré. Les gens pensent souvent qu'ils portent en eux un sujet de roman. Ça n'est pas tout à fait exact : je crois plutôt qu'ils cachent un casier judiciaire, qu'ils ont tous commis un tas de petites saloperies dont ils ne voudraient surtout parler à personne. Avec la culpabilité, le malheur est la chose la plus démocratique du monde. On y a tous droit, à un moment ou à un autre. Parfois, je me dis que Maud va revenir. En même temps, c'est une des hypothèses que je redoute le plus, car, si elle revenait, je ne suis pas sûr de vouloir continuer avec elle. C'est difficile à expliquer. En fait, je voudrais que rien de tout cela ne soit arrivé. Je préférerais qu'elle soit morte. Au moins, je pourrais avoir des regrets. Je pourrais repenser à elle sans la détester. Oui, ça serait mieux. Au bout d'un moment, le célibat a cette odeur rance de serviette mouillée. Il faudrait toujours vivre avec quelqu'un, ne serait-ce que pour éviter de pisser en laissant la porte ouverte. J'ai même loué une cassette sans vérifier le titre sur le boîtier. Dans le film, un blond cendré coupé en brosse violait une Asiatique avec un balai à chiottes. Peut-être que je l'ai rêvé. Je fais des rêves étranges, tristes et alcoolisés, depuis quelque temps.

Ces dernières semaines, j'ai craint avant tout de me réveiller en pleine nuit et de pleurer pendant des heures, assis sur le canapé du salon, la télévision sans le son diffusant sa lumière tremblotante, à regarder les meubles que Maud avait choisis. Voilà : un type en tee-shirt et caleçon chialant comme un veau au milieu de la nuit dans un immeuble du centre de Paris. Voilà ce que vous avez fait de moi, Maud et vous. Je vous félicite. Je n'ai toujours pas deviné ce qui pourrait m'aider à trouver le sommeil.

J'ai essayé le bourbon (dégueulasse), les romans français (même chose), les sit-com de trois heures du matin (pas le pire). Rien n'y a fait. Maintenant, les journées durent vraiment vingt-quatre heures. Incompressibles.

J'avais fini par présenter Maud à Rodolphe. Il a trouvé qu'elle ressemblait à une actrice du muet. Je lui ai dit de ne pas y toucher.

Dans la mesure du possible, j'évite de me laisser aller au pessimisme et à la mélancolie. Ce sont des sentiments qui ne valent rien. Cela ne m'empêchait pas de tourner en rond, le moral à zéro. Je ressentais une étrange impression de flottement, comme un décalage horaire qui ne s'effacerait pas. Encore un jour d'hiver au purgatoire.

Je suis sorti du métro à la station Bourse. Sur la place, il y avait partout des stands vendant de vieux trente-trois tours, des produits du terroir, des antiquités, des collections de timbres, des jouets hors d'usage. Un manège de chevaux de bois complétait le tableau. Des agents de change en costume beige mangeaient des sandwichs, assis sur les marches du palais Brongniart. Je retrouvai Max au Vaudeville. C'est une brasserie où l'on ne s'entend pas. Max avait créé une société de Bourse en ligne et venait de signer avec l'agence pour une série de spots TV. La salle était envahie par la clientèle traditionnelle d'avocats, de courtiers, de journalistes. Très peu de femmes. A midi, elles se réfugiaient dans les restaurants d'hôtel, les salons de thé. Max avait le crâne un peu dégarni, des cheveux blonds très fins et un bronzage qui datait d'un week-end à Biarritz. Au dessert, il me demanda de lui faire rencontrer Margot. Je compris l'objet de son invitation. Après le déjeuner, j'achetai pour Maud un petit singe mécanique avec des cymbales, le même que James Dean au début de *La Fureur de vivre*.

On frappe. Trois petits coups secs. La porte s'entrouvre.

— Je peux ?

— Oh, c'est toi ? Entre. Ça va ?

— C'est plutôt à moi de te poser la question, ouais.

C'est Rodolphe. Il essaya bravement de me réconforter. C'était un rôle qui ne lui allait pas. Je le préférais quand il proposait de finir la soirée dans une boîte échangiste.

— Tu ne vas pas encore foutre ta vie en l'air ?

— Je suis assez fort, à ce jeu-là. Ne t'en fais pas pour moi.

Quand je repense à Maud rue de Mézières, je vois la Mini avec sa vignette jaune de stationnement résidentiel sur le pare-brise et sa pendule qui retardait d'une heure en été. Je pense aux enfants que nous n'avons pas eus et qui seraient allés jouer au Luxembourg, tout près. La plupart du temps, j'essaie de ne pas trop repenser à la rue de Mézières.

Maud, s'il te plaît. Arrête de regarder par-dessus l'épaule de Sebastian. Je te connais. Laisse-nous, veux-tu. Nous sommes entre hommes. Sebastian te racontera tout ça en détail une fois qu'il aura terminé. Dites-lui, Sebastian. Qu'elle aille promener le chien, le vieux Seymour, ce golden retriever qui s'endort à vos pieds quand vous tapez à la machine. Ça y est ? Maud est partie ? Je peux continuer ? Sûr ?

Alors, voilà. Vous êtes né, voyons, en 1929, quelque chose comme ça. Vous avez trafiqué toutes vos archives. Au lycée que vous avez fréquenté, le directeur actuel refuse de fournir les renseignements vous concernant. Votre livret militaire est lui aussi mystérieusement inaccessible. Le bureau qui le contenait a brûlé. Plus aucune trace de votre dossier universitaire. Votre première nouvelle a été publiée dans un journal d'étudiants alors que vous aviez vingt ans à peine, une histoire de suicide et de poisson-chat. Ensuite, vous avez adressé votre prose à des magazines plus prestigieux. Votre nom apparut au sommaire de *Collier's*, du *Saturday Evening Post*. Au grenier, une malle contient tous ces précieux exemplaires un peu jaunis, le papier fragile et craquant comme de la gaufrette. A un moment, vous avez travaillé sur un bateau qui croisait au large des Caraïbes. Les cabines étaient remplies de retraités en short dont la moitié ne quittaient pas le bord aux escales. Vous étiez censé leur servir de guide, un truc dans ce goût-là. A mon avis, ce job est là pour faire bien dans votre curriculum vitae. Vous avez terminé *Un pays de crème glacée* au printemps 61. Avec les droits d'auteur, vous avez acheté cette maison qui est toujours la vôtre (celle de Long Island viendrait plus tard, après votre retrait de la vie publique). La plupart de vos récits concernent des gens qui ont entre quinze et vingt et un ans. Vous avez supprimé le portrait de vous qui figurait au dos de vos romans. Un fantôme, voilà ce que vous êtes pour la terre entière. Pour un fantôme, vous êtes en bonne santé. Certes, vous avez vos petites manies. Vous vous lavez les mains dix fois par jour, au moins. Vous ne réussissez à travailler que face à un mur. Pas une photo pour vous distraire. Vous n'avez jamais réussi à écrire pour les enfants. Sur les campus, en revanche, vous étiez le roi. Votre nom était sur toutes les lèvres, votre roman dans la poche de tous les duffle-coats de la planète. Vous aimez les toiles de Winslow Homer. Selon vous, Andrew Wyeth était pour les Européens. Hopper, vous ne vouliez même plus en entendre parler. Vous en aviez assez des gens qui vous suppliaient de raconter leur histoire. Tout le monde était intéressant, vous n'en pouviez plus. Les lecteurs, quelle engeance ! Et les critiques, ceux-là, il n'était même pas question de prononcer leur nom.

– Les critiques ! S'ils pouvaient, ils vous briseraient les deux poignets à coups de batte de base-ball.

Vous auriez tellement aimé être le premier écrivain américain à entrer dans la Pléiade de son vivant. Un de vos fils était acteur de télévision à Los Angeles. Il s'est marié l'automne dernier. Vous n'avez pas assisté à la cérémonie. L'autre est moniteur de ski dans le Colorado. Vous serez grand-père l'été prochain. Vous ne m'avez pas parlé de votre fille. Pas un mot sur Zelda, hein ? Vous étiez trop jeune pour participer à la Deuxième Guerre, trop âgé pour être envoyé au Vietnam. Vous aviez écrit les paroles d'une chanson pour Joan Baez. De cela, vous n'étiez pas très fier. Il y avait dans votre vie plein de choses que vous ne referiez pas. Vous avez sur l'épaule gauche ce tatouage en forme de feuille d'érable. Vous avez fait ça récemment.

— Il faut être assez vieux pour être sûr de ne pas changer d'avis, m'avez-vous expliqué en dégrafant le col de votre chemise.

— Que faisiez-vous pendant l'été soixante, celui où se déroule *Un pays de crème glacée* ?

— Rien de terrible. Je travaillais dans une brasserie. C'était très ennuyeux. Rien de romantique ne m'est arrivé. Je n'ai rencontré personne comme Eva, hélas !

Je vous ai demandé ce que vous pensiez de Maud.

— Elle n'est qu'une excentrique douée, avez-vous répondu.

Maud ! Je t'avais dit de ne pas lire ça. Tu vas m'écouter, oui ?

Maud qui attache sa ceinture et se recoiffe en tournant le rétroviseur du plafond. Maud une jambe sur le bras du fauteuil, avec un mocassin tenant comme par miracle au bout de ses orteils. Maud assise sur les marches de la Trinité-des-Monts, faisant semblant de lire *La Repubblica*. Maud en train d'allumer sa cigarette avec une pochette qu'elle a rapportée d'un hôtel d'Ibiza. Maud jouant au tennis en double dans cette maison du Périgord où il y avait d'énormes araignées. Maud revenant des soldes. Maud plissant les yeux pour décrypter les sous-titres au cinéma. Maud se coupant les ongles au-dessus du lavabo. Maud regardant un film où Robert Redford n'arrêtait pas de téléphoner sur de vieux appareils à cadran. Maud m'achetant le lendemain les mêmes chemises que l'acteur. Maud qui tapote une de ses incisives avec l'ongle de son majeur. Maud en larmes dans la cuisine parce que sa mère vient de lui raccrocher au nez. Maud et ses yaourts au lait entier qu'elle mangeait le soir au lit. Maud qui n'a jamais su se servir du magnétoscope, mais qui était capable de s'orienter infailliblement au premier étage du Bon Marché, rayon femmes. Les fautes d'orthographe de Maud. Le rire de Maud découvrant que Trémoille se prononçait « Trémouille ». Maud pestant après son téléphone portable. Les fusilli aux courgettes de Maud. La douce tiédeur de son corps quand elle dansait le slow en souriant. J'aimais la regarder lire, s'habiller, se sécher les cheveux, choisir une jupe. Ses gestes alors se paraient d'une sorte d'éclat. Je ne pensais pas que je pourrais la perdre un jour.

Vous vous en mordiez encore les doigts. Vous n'auriez jamais dû accepter. Il y a très longtemps de ça, des gens de la télévision ont débarqué chez vous. Ce fut terrible. Vous vous êtes juré de ne plus renouveler l'expérience. L'intervieweur n'avait pas lu vos livres et s'en excusait. Le preneur de son voulait savoir où étaient les toilettes. Le cameraman avait peur du chien. On vous avait promis que le tout n'exigerait pas plus d'une heure. Arrivés à midi, ils étaient encore là à cinq heures. Vous étiez obligé de répéter sans cesse les mêmes choses. Vos réponses manquaient de plus en plus de naturel. Ils avaient l'intention d'évoquer vos débuts, d'entrecouper le portrait par des plans d'une comédienne lisant des extraits de vos romans.

On fit des essais de micros. On régla les lumières. On vérifia l'objectif. Sebastian Bruckinger, une, première. Il fallut refaire la prise. Un des projecteurs n'avait pas marché.

Vous les avez raccompagnés à leur camionnette. Ils vous ont remercié chaleureusement. Toutefois, vous avez entendu distinctement le réalisateur demander au journaliste, au moment de démarrer :

– Qu'est-ce qu'on va faire de ça ? Tu as une idée, toi ?

La chaîne renonça à diffuser le portrait. Tout ça pour rien. Après votre réclusion, naturellement, ils sont revenus sur leur décision. Trop tard : vos avocats avaient interdit la moindre séquence vous concernant. Droit à l'image.

Il ne faut pas me la faire. Quand on dit que vous avez tout quitté, permettez-moi de ricaner. Vous avez abandonné quoi, hein, sinon la corvée de répondre à des interviews qui vous assommaient et de soumettre vos manuscrits à un éditeur ? Quant à vos fameuses séances de méditation, laissez-moi rire. Lorsque vous m'avez piqué Maud, il n'était plus question de la moindre sagesse orientale. J'ai vu le pur esprit que vous étiez en réalité. La quéquette à la main, oui ! Quel con j'ai été. Je m'en veux.

Quoi d'autre ? Vous tapez épouvantablement mal à la machine, avec deux doigts. Vos journées de travail consistaient à corriger vos anciens textes, ajouter un mot par-ci, supprimer une phrase par-là, à remplacer une virgule par un point, aller à la ligne. La ponctuation vous tracassait beaucoup. Vous étiez penché sur votre Underwood antédiluvienne. Vous aviez la manie de frotter les pieds sur le sol. Sous le bureau, la moquette était usée jusqu'à la corde.

En milieu d'après-midi, je frappais. Vous étiez étendu sur le canapé recouvert d'un quilt, la télécommande à la main. Le poste émettait ce petit grésillement que font toujours les téléviseurs en s'éteignant. Vous suiviez le match de base-ball.

Surtout, je garde en mémoire cette longue discussion que nous eûmes un jour où vous parliez de *Bill* Shakespeare. Oh, Sebastian, vous ignorez donc que dans la vie il existe quelques menues règles à ne pas enfreindre.

Un bien fou

Il y a eu cette semaine à Long Island. Une de vos autres maisons. Vous ne vous embêtiez pas. Mais c'est vrai qu'on continuait à vendre deux cent cinquante mille exemplaires par an d'*Un pays de crème glacée*.

On avait roulé de nuit. Du brouillard venait de la forêt, en nappes qui dérivaient lentement au-dessus du bitume. La route dessinait des courbes. Les lignes blanches glissaient sous la voiture.

– Quand est-ce qu'on arrive ? dit Maud en se réveillant.

Elle alluma la veilleuse du plafonnier. Une carte était dépliée sur ses genoux. On ne trouvait pas. Elle bâilla. On devait tourner en rond depuis un moment. Les poteaux téléphoniques en bois surgissaient dans le faisceau des phares. Les stations-service étaient éteintes. Nous nous sommes arrêtés dans une sorte de village. Le bar était fermé, mais l'enseigne bleue d'une marque de bière brillait à sa devanture. Nous sommes repartis. Il y eut soudain une tache blanche, la façade d'un garage. Le nom du propriétaire s'étalait en lettres rouges. Des véhi-cules d'occasion étaient garés en épis sur le parking. Maud a claqué des mains. Vous nous aviez dit qu'après le garage c'était la première à droite. L'Audi de location tanguait dans les nids-de-poule. Les branches des buissons frot-taient les portières. Un nuage de poussière se soulevait derrière nous. Voilà. Nous nous som-mes arrêtés devant la maison. Frein à main. Nous sommes descendus de voiture. L'herbe était un peu humide. Il ne faisait pas un tel froid. La porte-moustiquaire s'ouvrit, battit dans votre dos.

– Maud, avez-vous fait un bon voyage ?

Est-ce que vous l'aviez déjà baisée à ce moment-là ou est-ce que ça s'est passé plus tard ? Cela fait partie des détails que je ne sau-rai jamais vraiment. Elle vous a embrassé sur les deux joues, vous a tendu une boîte orange qui contenait une cravate Hermès en tricot. L'ombre était bleue. Les étoiles semblaient tou-tes proches. Je vous ai serré la main. J'ai ouvert le coffre pour prendre les valises. Celle de Maud pesait une tonne. Maud emportait tou-jours trop de choses. Je me suis dirigé vers la véranda, penché comme la tour de Pise. Vous n'avez pas proposé de m'aider. A l'intérieur, vous avez allumé une nouvelle cigarette à celle que vous veniez de terminer. Au fond, le bureau donnait sur l'océan. Je n'ai pas osé vous demander des nouvelles de votre roman. Vous disiez qu'il était presque fini. Mais cela faisait des mois que vous disiez cela. Je trouvais étrange qu'un Américain écrive quelque chose sur la Révolution française. Franchement, votre côté chouan m'avait échappé. Je ne vous voyais pas effectuer des recherches, fouiner dans les bibliothèques, vous plonger dans Internet. Un roman historique sur 1789, cela sentait salement le bluff, excusez-moi. Truman Capote avait déjà fait le coup avec ses *Prières exaucées*. On a vu. Trois chapitres mal fichus qui se battaient en duel. Du reste, vous ne nous en avez jamais fait lire la moindre page.

Malgré l'heure, vous nous aviez attendus pour dîner. Nous avons bu du chablis accompagné de sandwichs au pastrami. La sono diffusait la bande originale de *La Soif du mal* par Henry Mancini. Je m'étais servi de cette musique pour illustrer une publicité de soutien-gorge. La bouteille de vin était presque vide. Vous avez rempli nos verres une dernière fois, juste un fond pour chacun. Vous nous avez montré notre chambre, au premier. Avant d'éteindre, Maud s'est tournée vers moi dans le lit :

— Promets-moi une chose.

— Laquelle ?

Elle baissa un peu la tête, comme dans l'attente d'un coup qui ne venait pas.

— De ne jamais changer.

— Est-ce que quelqu'un peut promettre une chose pareille ?

Elle a éteint sans répondre. Elle, je ne sais pas, mais moi le bruit de la mer m'a empêché de dormir toute la nuit.

Le lendemain. Marée basse, petit déjeuner sur le ponton qui dominait le sable humide. Est-ce qu'il y avait des baleines ? Maud voulait absolument voir des baleines.

— Ça arrive, mais il y a surtout des dauphins.

— Des dauphins ou des marsouins ?

— Jamais su la différence.

105

Nous avons parlé toute la journée. Les dunes étaient couvertes de hautes herbes qui coupaient les doigts si on y touchait. Maud s'assit au soleil pour se réchauffer. De longs nuages orangés flottaient à l'horizon. Vous avez mis de vieux trente-trois tours qui grésillaient, les années Capitol de Sinatra. Vous vous êtes lancé dans une longue, une originale défense et illustration des disques vinyl. Sur la table, les bougies avaient presque entièrement fondu. Maud a eu envie de danser. J'ai saisi la main de la fille à qui j'avais appris à danser le rock. Le clair de lune aidait la scène à avoir quelque chose d'inoubliable. Pour la première fois de ma vie, j'eus l'impression que j'avais une âme. Cela ne s'est pas tellement reproduit depuis.

Maud s'est penchée en avant pour éclater de rire. Vous avez levé votre verre à sa santé. Le feu dans la cheminée – à moins que ce ne fût l'alcool que j'avais bu – faisait trembloter votre silhouette dans l'embrasure de la porte. Epaule appuyée contre le chambranle, jambes croisées, votre bourbon à hauteur du nombril. Belle figure d'homme qui en a vu d'autres. Soudain, vous avez décidé d'aller chercher des homards dans un restaurant du port. C'est Maud qui a conduit. L'endroit était bondé de vacanciers. Le week-end battait son plein.

Elle approcha son visage de l'aquarium et toucha presque la vitre avec son nez. A quoi pouvaient penser des homards ? Est-ce qu'ils la voyaient, au moins ? Leurs pinces étaient attachées par un gros élastique vert. Maud essuya la buée avec sa paume. Trois ou quatre bestiaux s'étaient agglutinés dans un coin. Ils étaient malheureux, hein, ils étaient sûrement malheureux ? Voilà qu'elle avait de la compassion pour des crustacés, maintenant. Vous aviez mis du Dean Martin dans le juke-box, une chanson mélancolique que je n'avais jamais entendue. Vous êtes resté au bar, sur votre tabouret, faisant rouler votre bouteille de bière sur votre joue, avec cet air de ne pas être là que vous savez prendre parfois.

Le barman plongea sa large main dans l'eau et en ressortit une bestiole dégoulinante. C'est là que Maud a hurlé. Elle a ordonné au barman de remettre le homard dans l'aquarium. Le type était tellement surpris qu'il a obtempéré.

Il portait un polo bleu marine qu'il n'avait pas rentré dans son pantalon. L'animal est retombé avec un petit plouf ; il a atteint le fond en une sorte de ralenti, s'est posé sur le sable avec une maladresse de cosmonaute.

Vous avez quitté votre poste d'observation en tenant votre verre avec précaution. Vous avez enfoncé votre bras droit dans l'eau et avez soulevé le homard pour l'égoutter quelques secondes. Maud n'a rien osé dire.

— Ils sont drogués, lui avez-vous dit. Ne vous inquiétez pas, on les drogue. Ils ne sentent rien.

Vous avez tendu le homard au barman qui l'a enveloppé dans du papier-journal. Vous avez repris une gorgée de bière après avoir trinqué avec Maud. A moi, vous avez adressé un clin d'œil. La manche de votre chemise en chambray était trempée jusqu'à l'épaule. La télévision accrochée au-dessus du comptoir diffusait un championnat de catch. Il y avait de la publicité toutes les deux minutes. Je ne voudrais pas me vanter (vous voyez, j'ai lu les bons auteurs), mais les spots américains sont, mais alors là, vraiment nuls. Des personnages déguisés en cacahuètes affrontaient sur un terrain de foot-

ball une équipe de chips. L'ensemble était gro-
tesque. Vous avez demandé qu'on éteigne le
poste.

— Vous avez vu ces seins ?

Vous parliez de la serveuse. Maud s'était rendue aux toilettes. Elle allait toujours faire pipi
au moins une fois, au restaurant. Je suppose
que vous avez noté ça, chez elle, et que cette
manie commence à vous irriter. Vous imaginez
je ne sais quoi, des problèmes de femme, des
détails gynécologiques. Ou bien la coke. Elle
se repoudre le nez en vitesse dans le Ladies
Room. C'est ça ? Je vous rassure sur ce point.
Maud n'a jamais touché un joint de sa vie,
alors la cocaïne, on n'en parle même pas. Elle
disait tout le temps qu'elle avait une toute
petite vessie, qu'elle faisait des pipis de souris.
Vous a-t-elle dit ça à vous aussi ? Quelle est
l'expression anglaise ? *A mouse pee* ?

À mon tour, j'ai regardé la serveuse. C'était
une rousse à queue de cheval, chemisier blanc,
pantalon noir. Les seins : très gros. Je vous ai
rendu votre sourire. L'odieuse complicité des
hommes quand un cul rôde dans les parages.
Elle n'était pas mon genre. Elle s'est approchée,

109

nous a resservi des bières sans que nous ayons rien demandé. Dans le verre de Maud, les glaçons avaient délavé le Coca-Cola. J'ai failli vous dire que bizarrement vos livres manquaient singulièrement de sexe. Maud est revenue à ce moment-là. Elle a demandé à la serveuse de lui emballer trois parts de cheese-cake. Nous sommes sortis du restaurant. Dans l'escalier, vous m'avez passé un bras sur l'épaule. Le geste ne s'est pas éternisé, mais de votre part il était assez inhabituel. Quand vous serriez la main pour dire bonjour, c'était du bout des doigts. Que se passait-il ? Maintenant que vous m'aviez confié votre prédilection pour les grosses poitrines, vous aviez le droit de me taper dans le dos. Vous vous êtes installé au volant. A côté de vous, Maud se remaquilla dans le rétroviseur. Vous n'avez pas protesté. Pourtant, elle l'avait déréglé sans s'excuser. Sans un mot, sans un reproche, vous avez tourné le petit miroir rectangulaire vers vous, *comme ça, là*. A ma gauche, sur la banquette arrière, le homard s'agitait dans son papier-journal.

De retour à la maison, nous avons regardé le soleil se coucher depuis la véranda. La nuit vint très vite. Les vagues rythmèrent la soirée. Vous avez parlé d'un vin blanc que vous aviez découvert dans un restaurant de la rue de Seine et qui s'appelait Menetou-Salon. En revanche, vous ne connaissiez pas l'Auxey-Duresses. J'ai promis de vous en faire parvenir une caisse dès que nous serions rentrés à Paris. Vous avez quitté votre fauteuil en rotin pour rapporter des bières fraîches de la cuisine. Pas de verres : il fallait boire directement au goulot. Nous avons entrechoqué le col de nos bouteilles. Une mouette blanche et grise était perchée sur une pile de bois au milieu de l'eau. La marée était montée. Elle entourait les pilotis de la terrasse. L'obscurité se déposait par touches sur les dunes. La lune se reflétait sur la mer lisse comme un pare-brise. Maud guetta la première étoile qui s'allumerait.

— Vous aimez New York ? dit-elle.

— Non. Plus. Je n'aime pas l'Amérique. Je l'ai trop aimée pour continuer.

Vous avez collé votre bière contre votre front puis vous avez ajouté :

— Ce que j'aurais aimé, c'est écrire un roman où les personnages en auraient su plus long que l'auteur.

Au dîner, je me suis engueulé avec Maud parce qu'elle fumait trop. La dispute dura.

– Bon Dieu, avez-vous fini par dire.

Vous vous êtes levé de table, avez jeté votre serviette à côté de votre assiette et êtes sorti de la pièce sans vous retourner. Cinq minutes plus tard, vous reveniez en disant :

– Alors, qu'est-ce qu'il y a comme dessert ?

Le lendemain, nous nous sommes réveillés de bonne heure. Le jet lag s'effaçait. Nous étions tous les deux enchantés d'être là. Nous sommes restés davantage que prévu. C'était du temps qui passait. Je ne me rendais pas compte de ça.

J'étais un peu saoul. Pourtant, je n'avais rien bu pendant le repas. Mais je n'avais rien mangé non plus quand j'avais bu et l'apéritif avait duré bien plus que le déjeuner. Je redoutais la fin de la journée. Le contrecoup n'allait pas tarder, mal de crâne et langue pâteuse. Vous ne pouvez pas avoir autre chose que du gin, aussi. Avec le champagne, ça ne me fait pas ça. En France, je tiens beaucoup mieux. Désormais, je regrette

112

de vous avoir fourni ce plaisir, le-petit-Fran-
çais-qui-ne-tient-pas-l'alcool. Quand je veux,
je suis imbattable. Vous m'auriez vu à Pampe-
lune, tiens, à la fin des années soixante-dix.
Hemingway battu à plates coutures. Des
mélanges à n'en plus finir. Anis, vodka, bière,
sangria. Pas malade une seule fois. Je me souviens surtout d'un vin blanc dont le goût de
tonneau m'a poursuivi sur la route du retour
jusqu'à Saint-Jean-de-Luz.

Un après-midi, sur la terrasse, vous vous êtes
endormi dans un des transats en toile rayée qui
étaient orientés face à la plage. Quand vous
avez rouvert les yeux, le soleil était déjà bas sur
l'océan. Pendant votre sommeil, nous nous
sommes encore disputés, Maud et moi. J'en ai
oublié la raison, mais je suis certain que ça
n'était pas à cause de vous. Je ne m'étais aperçu
de rien.

— Bonjour, avez-vous fait en vous étirant.

Maud avait débarrassé la table en bois flotté
des reliefs du déjeuner. Vous vous êtes levé
péniblement. Wouahoutche. C'est tout juste si
on n'entendait pas les articulations craquer. Au
lit, ça doit être quelque chose.

Plus tard, je me souviendrai de cette période comme d'une sorte de rêverie ensoleillée. La maison était dans les dunes. Le sel mangeait le bois des fenêtres. L'humidité ne s'en allait pas, malgré les feux de cheminée. Vous lisiez les journaux dans le jardin, sur la balancelle dont la peinture commençait à s'écailler. Quelques points de rouille. Votre bob en coton délavé ne vous quittait pas. Maud revenait des courses en klaxonnant pour que quelqu'un vienne l'aider à porter les paquets. L'été indien ne voulait pas finir.

Ensuite, tout commença à mal tourner. Je la trouvais bizarre. C'était simplement qu'elle s'ennuyait avec moi. De ses rêves, je n'ai rien su, en fait. Il y a des choses, comme ça, que je n'ai jamais réussi à comprendre. Par exemple, j'ai mis un temps fou à admettre que le monde entier ne me prenait pas forcément pour un type exceptionnel et passionnant.

Maud rentrait de plus en plus tard rue de Mézières. Elle ne disait pas bonsoir et s'enfermait dans la chambre. Elle jetait son manteau sur le lit, allumait la télévision, faisait chut quand on essayait – on ? moi, oui – de lui adresser la parole, ne ratait pas un bulletin météo. Elle restait des heures dans son bain avec des journaux de bonne femme qu'elle n'aurait jamais ouverts un mois auparavant.

Lorsque j'en avais assez, je sortais marcher. Dans la rue, c'était l'heure des maîtres et des chiens. Au retour, il faudrait éviter les crottes sur le bitume. Je poussais la porte d'un café et commandais un demi au comptoir. Il y avait d'autres types comme moi, tout seuls, des types qui avaient dû s'engueuler avec leur femme ou à qui leur femme ne parlait plus. Ces cris ou ce silence avaient fini par devenir insupportables. Ils avaient l'air plus vieux que moi, mais qu'est-ce que j'en savais ? C'est peut-être une idée que je me fais. Peut-être que j'avais la même tête qu'eux, avec mon verre de bière à moitié vide, déjà tiède, un air de désastre sur la figure. Je ne voulais surtout pas leur ressembler et pourtant c'était le chemin que je prenais. Je coupais mon portable, ce qui ne m'empêchait pas de le rallumer toutes les cinq minutes, de consulter la messagerie pour vérifier si Maud m'avait appelé. Mais non, rien. Je marchais encore. Paris était moche comme tout. Plus rien de ce qui m'avait tant séduit dans cette ville ne me faisait d'effet. Les taxis avec leur veilleuse orange indiquant qu'ils étaient en charge. Les lumières des premiers étages où l'on distinguait une femme en robe noire, dos à la fenêtre. Les abribus avec leurs affiches de cinéma. Maintenant, les portes cochères étaient verrouillées par des codes. Fort Knox à domicile. Aucune cabine téléphonique ne fonctionnait plus avec des pièces. Il n'y avait plus de kiosque à journaux à Saint-Germain depuis que le drugstore avait fermé. Maud m'avait emmené une fois dans la boutique italienne qui l'avait remplacé. Au restaurant, elle a choisi du jambon avec du parmesan. Je fus obligé de reconnaître que les raviolis étaient indiscutables. Le tiramisu, par contre. A l'époque, avec elle j'aimais tout et il me semblait qu'il en était de même pour elle. Comme on peut se tromper. Elle me reprochait toujours de manquer de psychologie. Le fait est. Psychologie, mes fesses.

Que faisait-elle, pendant ce temps ? Est-ce qu'elle vous téléphonait en longue distance ?

Quelle heure était-il sur la côte est ? Je n'allais quand même pas réclamer à France Telecom une facture détaillée pour surveiller ses appels. A quoi cela m'aurait-il avancé ? J'étais en train de la perdre. Je m'accoutumais à cette idée. Je ne levais pas le petit doigt. Minuit approchait. J'avais faim. La plupart des bistrots ne servaient plus au bar. Il fallait s'asseoir devant un sandwich dont le beurre était trop chaud, trop épais. Je n'en mangeais pas le quart. J'avais envie de pisser. Je descendais l'escalier. Quelqu'un téléphonait dans les odeurs d'urine et d'ammoniaque. Tel était Paris dans les années quatre-vingt-dix. Je m'arrêtais devant les vitrines des librairies. Les cinémas crachaient leurs derniers spectateurs. Les films français racontaient des histoires de chiottes et de dégueulis. Les actrices avaient des tronches de boniches. Je ne tenais pas la grande forme. Je rentrais sans faire de bruit. Un rai de lumière filtrait sous la porte de la chambre. Il s'éteignait dès que j'arrivais. Je m'installais en caleçon et tee-shirt sur le canapé du salon. J'écoutais les bruits de la rue, puis me noyais dans un sale sommeil sans rêve. Ma vie était devenue comme ça, désormais, et je ne savais pas que c'était à cause de vous. Mais je vais m'en sortir, vous verrez. Je m'en sortirai.

Les premiers temps, j'ai essayé de récupérer Maud. Je ne savais pas où elle était. Il ne me restait que son numéro de portable. Je tombais sans cesse sur la messagerie vocale. Je me souviens qu'elle se plaignait beaucoup des téléphones portables dans lesquels on n'entendait rien. Elle disait : « Quand ça marche, c'est une erreur. » Où habitait-elle dans Paris ? Va-t-elle organiser une fête dans sa cour, le jour du printemps, comme elle en avait l'habitude ? Les gens venaient de midi à minuit. Ils apportaient quelque chose, du champagne, un jambon, des fleurs, n'importe quoi. Des tréteaux étaient dressés. Il y avait de la musique dans les bafles. Les voisins rouspétaient un peu, pour la forme. Tout le monde se saluait de loin. Les gobelets étaient en plastique. Une fois, il y a eu cette actrice italienne qui avait joué dans un film de Fellini.
Où est-elle ? Elle n'a pas emporté de meubles. J'étais à des kilomètres de me douter.

J'imaginais un vaste salon sur la rive droite, des rideaux de lin blanc, un répondeur posé à même le parquet, un téléviseur gigantesque. Elle aimait bien marcher pieds nus sur le plancher. Elle s'enfonçait des échardes dans la peau. Elle en faisait toute une histoire. Si on l'appelait à son bureau, il fallait laisser son nom, car en gros elle s'y trouvait une fois sur dix. Ah oui, euh, les visites. Pas d'horaires. Ses activités ont toujours été un peu mystérieuses.

On m'invita à un grand dîner avenue Marceau, un de ces dîners dont les provinciaux se figurent qu'ils existent encore. Qu'est-ce que je foutais là ? Le maître de maison était un énarque qui venait d'être nommé à la tête d'un gros machin. Il était plus jeune que moi. Il avait un double menton, des chemises roses et des cravates ornées de dessins d'animaux. Les invités l'écoutaient religieusement, sauf sa femme (Mathilde, cinq enfants) qui faisait tourner son rang de perles autour de son cou. Les femmes ne sont vraiment exaspérées que par les hommes avec lesquels elles sont mariées depuis longtemps. Je regardais cette belle gueule de con dire du bien de Nathalie Sarraute et du ministre des Finances qui avait démissionné dans l'après-midi. A minuit moins le quart, j'étais chez moi.

Je devais avoir rêvé d'elle. Maud ? Pourquoi Maud ? Je lui souhaitais le plus de mal possible. Peut-être que j'ai juste peur de ce qu'elle va vous dire de moi.

Je cessai de dormir. Mes nuits étaient devenues des sortes de longues plages de semi-conscience, avec leur cortège de lumières rallumées, de journaux froissés, de livres entrouverts. Je visionnais des westerns en accéléré. Je suis un peu fatigué. Dégoûté serait une épithète plus juste.

A l'agence, les réunions n'en finissaient pas. On disait « conférence ». Les plus jeunes se contentaient de « conf », tout court. Je terminai mon topo sur les avantages de Nosy Be par rapport aux Seychelles. L'annonceur se leva, convaincu. Il vendait des céréales. On allait encore foutre des filles à poil sur une plage pour inciter les gens à se gaver de corn-flakes. Je bâillai. Les idées, je n'en avais plus. Le mannequin américain prévu pour le film quitta la pièce en lançant :

— Bye, je vais montrer ma fesse dans le région.

Je considérai l'appartement et me rappelai que rien de tout cela n'était à moi. Un tas de spécialistes me conseillaient d'acheter. C'était une pure folie de payer un loyer pareil. Je m'approchai de la fenêtre. Dans la rue, un type était en train de faire son jogging, en survêtement fluo. Il avait une gueule à être propriétaire de son appartement.

Les riches Américaines épousent des pédés européens. Du moins, je croyais que les choses se passaient généralement ainsi. Je voyais mal une petite Parisienne disparaître au bras d'un septuagénaire new-yorkais. Riche, ça, vous l'êtes. Les droits d'auteur continuent à pleuvoir.

Vous, c'est fait depuis longtemps, mais vos livres je n'arrive pas à les détester. Cet hiver, on les a tous réédités dans une nouvelle tra-

121

duction. Je les ai relus, comme un con. C'est toujours aussi bien. Ça me fait mal de dire ça, mais merde, le talent que vous aviez ! Vous étiez le tenant du titre.

Je me souviens de ce déjeuner à la Closerie avec un éditeur à qui je disais que malgré tout j'aimais bien les écrivains. « C'est parce que vous n'avez pas à les payer », me répondit-il.

Vos livres ! Parlons-en. Vous voulez savoir jusqu'où elle est allée, Maud ? Jusqu'à la page 12. Elle a refermé *Un pays de crème glacée* d'un claquement sec et a dit : « Branlette de collégien. » Ça vous surprend, hein ? Elle n'a pas dû vous raconter ça comme ça. Dans sa version, elle a sûrement dévoré vos œuvres de *a* jusqu'à *z*, appris des passages par cœur, s'est identifiée à Deirdre, la sœur de Warren, celle qui se tartinait du dentifrice à la chlorophylle sur des tranches de pain. Je rigole.

J'ai reçu un petit mot de Maud. « Reprends-toi. » C'était tout. D'abord, j'ai

mal lu et j'ai compris : Reprends-*moi*. Hmm-
mmmm, compte là-dessus, ma belle. Mademoiselle avait des remords. On avait réfléchi,
n'est-ce pas ? Peut-être qu'avec moi ça n'était
pas toujours terrible au lit, mais c'était sûrement mieux qu'avec une bite molle de septuagénaire. C'est vrai que la sueur de vieux, ça ne
doit pas être ragoûtant, entre des draps. J'ai
relu le rectangle de bristol. Reprends-*toi*.
Merde, tiens. Ça m'a foutu dans une rage folle.
De quoi se mêlait-elle ? Il était bien temps de
s'occuper de ma santé. Qu'est-ce que ça pouvait lui faire, la façon dont je me comportais ?

L'automne passa sans autre signe de Maud.
Pourquoi ne se voyait-on plus ? Je n'étais pas
idiot au point de répondre : c'est la vie. J'étais
de nouveau seul. C'était un état auquel je
n'étais plus habitué.

Je vais vous dire la vérité. Quand je relis vos
anciennes interviews, je suis plié en deux.
Macrobiotique, vous ? Le nombre de fois où je
vous ai vu ivre-mort, traînant les pieds, renver-
sant les chaises sur votre passage. Ça, vous avez

su organiser votre sortie, le type revenu de tout, à la recherche de son moi profond, fuyant les photographes. La chochotte dégoûtée du cirque médiatique. Quand je songe que je me suis demandé au départ si vous n'étiez pas un peu pédé sur les bords. La suite a prouvé à quel point je me trompais. Pourtant, qu'est-ce que j'aurais aimé lire dans les tabloïds : « Bruckinger se fait enculer par des nègres dans sa retraite du Vermont ».

Vous êtes une vraie saleté de cinglé. Ça n'est pas un hasard si l'assassin de John Lennon avait dans sa poche votre roman le plus célèbre. Ce gars-là avait senti le putain de tordu que vous étiez. Dans vos pages, il a puisé le courage, la justification de buter quelqu'un. Les célébrités doivent se cacher, ou mourir. Sinon, on s'en fout. En toute honnêteté, est-ce que Mark Chapman aurait éprouvé le besoin de tuer un rocker vieillissant s'il n'avait pas été un de vos lecteurs ? Vous êtes sûrement responsable d'un tas de trucs qui ne vont pas bien sur cette planète. Ne faites pas semblant de ne pas être au courant. En tout cas, vous êtes responsable de ce qui a foiré dans ma vie. Vous ne pouvez pas le nier. Vos si charmantes petites phrases, vous n'imaginez même pas les dégâts qu'elles ont faits. C'est comme ces garçons dans les boîtes de nuit qui trouvaient toujours les mots qu'il fallait dire aux filles quand elles étaient assises sur les banquettes et qu'elles étaient obligées de se pencher vers vous à cause de la musique. Il y a des types comme ça, qui savent toujours quoi dire au moment où il faut. Je n'ai jamais été l'un d'eux. Moi, j'étais le type d'en face, tout seul sur son pouf de feutrine rouge, un whisky-Coca à la main, en train de regarder la fille qu'il convoitait se faire emballer par un autre. C'est l'histoire de ma vie. Les gens comme vous me gonflent. J'en ai marre de vos grands airs. Vos théories me font chier. Le tao, le karma, tout ça. Vous ne pensez qu'à baiser, oui. Vous êtes comme tout le monde. Mais si vous aviez envie de vous taper une fille de trente ans, vous auriez pu en choisir une autre. Les Américaines prêtes à sauter dans votre lit, ça n'était pas ce qui manquait, si ? Je ne vous ai pas vu venir, avec votre façon de flotter à la surface des choses. Mais bon Dieu, quand est-ce que vous avez couché ensemble la première fois ? Est-ce que j'étais dans les parages ?

Dire que c'est moi qui ai fait lire vos livres à Maud. J'ai été trop con. J'ai été l'artisan de mon propre malheur. Voilà exactement le genre de phrase que vous n'auriez jamais écrite. « L'artisan de mon propre malheur », bah voyons.

Pourtant, elle m'appréciait. Je vous jure qu'elle m'appréciait. Elle ne mentait pas tout le temps. Nous n'étions jamais à court de sujets de conversation. Il n'était pas rare que je la fasse rire. J'avais hâte de me rendre à nos rendez-vous et je crois que de son côté c'était pareil. Parfois, elle employait des mots compliqués, des mots inventés pour les mots croisés. Quand elle parlait trop, je l'embrassais sur la bouche. C'était le seul moyen de la faire taire. Après l'avoir perdue, je me suis aperçu que mes sentiments à son égard étaient profonds, véritables. Je ne m'y attendais pas. Ce qui m'emmerde, dans toute cette histoire, c'est de l'avoir perdue à cause d'un vieux salaud que j'admirais.

Depuis quelque temps, je suis devenu bizarre et solitaire. J'ai arrêté de prendre des

126

médicaments. Je n'ai plus besoin que de mes comprimés pour dormir. Mes mains ont cessé de trembler.

Il y a sûrement eu un jour à partir duquel Maud est devenue un mur, mais lequel ? Je ne la reconnaissais plus. Elle se taisait d'une manière assez intéressante. Le ton de sa voix avait changé. Comme tous les hommes, je lui demandais ce qui n'allait pas. Elle répondait : rien, comme elles répondent toujours aux cons qui leur demandent ça.

— J'ai confiance en toi, lui dis-je.

C'est la plus grosse ânerie qui soit sortie de ma bouche. De temps en temps, il faudrait pouvoir s'écouter avant de parler.

— Je t'aime, dit-elle.

Sur le moment, je ne me suis pas rendu compte qu'elle avait prononcé ça sur le ton dont on dit : pauvre con. Je sens monter en moi une sourde rumeur de défaite.

J'ai passé l'appartement au peigne fin. Qu'est-ce que je cherchais ? Maud avait tout emporté d'elle. Je tombai sur une ancienne lettre (18 septembre 1993) d'un de ses amis italiens qui était venu une fois dîner à la maison. La lecture me prouva qu'il s'agissait d'un ancien amant, qu'ils avaient couché ensemble durant un week-end de ski à Sestrières. La date me rassura : c'était avant notre rencontre. Je ne sais pas ce que j'avais. Je voyais soudain des rivaux partout. J'entendais le bébé du dessous qui braillait. Il paraît que c'est à cause des dents. Les parents étaient un couple d'Espagnols qui avaient ouvert dans Paris une chaîne de prêt-à-porter. Je ne leur avais toujours pas fait de cadeau pour la naissance. Il était un peu tard, maintenant. Je manquais à tous mes devoirs. Quel âge avait-il, leur Jordi ? Trois, quatre mois ? Qu'est-ce qu'on offre à un enfant de quatre mois ? Maud aurait eu la réponse, elle.

Je me sentais épuisé d'avoir trop dormi. Je ne voulais pas que la jalousie remplisse ma vie à ras bord. Cela ne m'enchantait pas de passer pour un con. « Vous savez bien, celui à qui Bruckinger a volé sa petite amie. Oui, l'écrivain, c'est ça, celui qu'on ne voit jamais. » Merci bien.

Un bien fou

Il y a des types qui réussissent à rester amis avec les femmes qu'ils ont connues. Je ne sais pas comment ils font. Je ne comprendrai jamais non plus pourquoi la plupart des hommes se livrent pieds et poings liés à des femmes qu'ils savent ne pas leur convenir. Ça me va de dire ça, tiens. Je devrais me faire une raison. Bientôt cette séparation m'apparaîtrait comme quelque chose d'aussi banal que la pointure de mes chaussures. Rien de personnel, juste une statistique. Maud : deux ans, trois mois, six jours.

Soyez franc, hein. Vous avez cru un instant que j'allais vous annoncer mon suicide. Le doute vous a effleuré, une minuscule vague de remords. Allons, c'est humain. Ne rougissez pas. Durant quelques minutes, vous n'avez pas été très fier de vous. Vous avez failli appeler Maud. Non mais vous rêvez ! Je ne vais pas me foutre en l'air à cause d'une pétasse et d'un vieux con mythomane. Vous ne pensez tout de même pas qu'on va inscrire mon nom sur un faire-part bordé de noir : « Nous avons la douleur, gna, gna, gna ». Je ne vous ferai pas ce cadeau. Ça n'est pas – oh – que l'idée ne m'ait pas traversé l'esprit. Pour être exact, il y a eu une période où j'ai envisagé cette hypothèse. Avaler des analgésiques et, au moment où les gélules bleues feraient leur effet (prendre garde à ce que la somnolence ne soit pas trop forte), glisser la tête dans un sac en plastique. Ou alors dans un box de parking, asphyxié dans la Lancia par l'oxyde de carbone. Ça, j'étais passé tout près. Il a été moins une. J'ai trouvé autre chose.

A partir de là, lisez de plus en plus attentivement. C'est comme un jeu dans les magazines en été. Il faut repérer le lapin caché dans les branches des arbres, prendre garde aux détails, déceler des indices. Ne comptez pas sur moi pour vous dire qui est le chasseur. Ne sautez pas une ligne. Vous risqueriez de manquer une révélation. Vous allez en apprendre de belles. En général, on écrit ce genre de lettres dans sa tête, comme certains imaginent leur propre enterrement. J'ai préféré mettre tout ça noir sur blanc. J'y vois plus clair. Qu'est-ce qui va être éliminé ? Le passé ? Nos vies ? La vérité ? C'est à vous que ces pages s'adressent, à personne d'autre. Elles vont vous exploser au

130

visage. Attendez un peu. Reprenez donc un fond de gin, je vous y autorise. Il est un peu tôt pour cela, mais aujourd'hui est un jour spécial, je vous le garantis. Ne videz pas votre verre d'un coup. Je veux que vous gardiez les idées en place jusqu'à la fin. Des choses terribles peuvent se passer, désormais. A mon tour, il faut que je boive quelque chose, juste un petit remontant. Vous permettez ?

Elle n'était pas allée travailler le lundi. Le mardi non plus, elle n'était pas à son bureau.

On me dit que Maud me trompait. Je voulus en avoir le cœur net. Ce fut une erreur.

C'est vers cette époque que Maud ne voulut plus coucher avec moi. Le soir, au lit, elle regardait des émissions idiotes à la télévision en mangeant des biscuits qui répandaient des miettes partout dans les draps. Parfois elle me demandait si je l'aimais et je répondais invariablement oui. De mon côté, je n'osais pas lui demander pourquoi elle refusait que je la touche. J'aurais dû. J'affichais le détachement du type qui vient de recevoir son cinquième César de la soirée. J'ai été nul, en un mot.

J'entrai dans la chambre. Maud était assise au bord du lit, en peignoir, les cheveux mouillés. Elle dit bonsoir sans détacher les yeux de l'écran.

— Qu'est-ce que tu regardes ?

— Rien, une connerie.

Elle se leva pour changer de chaîne. Les boutons de la télécommande ne réagissaient plus quand on appuyait dessus.

— Il y avait ton ami Rodolphe, tout à l'heure, sur Paris Première.

— Tu l'as trouvé comment ?

— Bouffi et dépressif.

Une nuit, quand même, nous fîmes l'amour, dans une sorte de demi-sommeil. Nous ne bougions pas. J'étais encore en elle. Je me suis serré contre sa poitrine et elle s'est mise à pleurer à chaudes larmes. Je lui dis chut, chut, en caressant ses cheveux qui étaient collés sur son front par la sueur. Elle s'est calmée ; ses sanglots se sont espacés. Elle a fini par s'endormir. Je me suis tourné sur le côté, là où les chiffres du radio-réveil diffusent leur petite lueur bleue, avec mon pénis humide et ratatiné reposant sur le ventre. J'ai su alors que je l'avais perdue. Avant, elle ne pleurait pas.

Recherche arrière, ralenti. Vous êtes en train de boutonner votre chemise oxford, jusqu'en haut. C'est un truc qui m'a toujours dépassé, les types qui font ça, fermer le dernier bouton sans mettre de cravate. Vous êtes de parfaits bouseux ou quoi ? Marque de la chemise : Brooks Brothers. Vous vous êtes retiré du monde, mais quand même. On ne vous fait pas porter n'importe quoi. Aujourd'hui, vous n'avez pas très envie de vous raser. Faites-le. Si, si, faites-le. Un peu de courage. Ça ne vous prendra pas longtemps. Maud avait horreur que je ne me rase pas, vous savez. Ça la fichait hors d'elle. Pas question de l'embrasser, dans ces conditions. Vous voyez ce que vous risquez.

Mais voilà que je vous donne des conseils d'ami, maintenant. Ne vous rasez surtout pas et allez vous faire foutre. Que vos joues grisâtres soient aussi râpeuses que du papier de verre. Vous êtes ce petit vieux qui me fait penser au grand-père des publicités McDonald's.

Je ne voulais pas de confession humiliante. La simple vérité me suffisait.

– C'est difficile, me dit Maud.

Elle ne savait pas par quoi commencer. A l'arrière-plan, il y avait tous les souvenirs que nous avions en commun. Maintenant, ils avaient l'air incongru, comme des bibelots personnels installés dans une chambre d'hôtel. Elle avait choisi de déjeuner dans ce restaurant de la Madeleine où l'on servait le meilleur caviar de Paris.

Elle partait. Il n'y avait pas à revenir là-dessus. Je n'étais même pas en colère. Je lui reparlais de toutes les histoires que nous avions vécues ensemble. Je lui servis un peu de ce vin blanc qu'elle aimait, un châteauneuf-du-pape 1995. Elle avança sa main sur la nappe. Je posai la mienne dessus. Elle ne la retira pas. Ses yeux brillaient tellement qu'ils avaient l'air d'être mouillés. Cela lui donnait cette sorte de regard perdu que, vous aussi, vous avez tout de suite aimé chez elle. Personne n'y résistait.

Elle n'avait pas envie de m'affronter en termes brutaux. Je n'avais qu'à faire preuve d'un peu d'imagination. Peut-être que Maud aimait trop l'argent, ou au moins ce qu'il permettait de faire. Avec elle, il aurait fallu aller dans un endroit où il n'y aurait pas eu de magasins, un paradis où l'on aurait ignoré l'existence des cartes de crédit. Elle voulait vivre sa vie. Je n'avais jamais très bien compris ce que cette expression signifiait. Maintenant, je sais : en gros, elle équivaut à dire merde à ceux qui vous aiment. Maud me sourit. Il y avait de la pitié dans ce sourire, une sorte de lassitude. Je n'ai pas aimé. Oh non, je n'ai pas aimé ça.

Maud est sortie du restaurant. Dehors, il pleuvait des trombes. Par la vitre, je la regardai s'arrêter une seconde pour ouvrir son parapluie. Puis elle disparut dans la foule du week-end. Je me remplis un verre de vin blanc que je bus cul sec. Maud n'avait pas fini le sien. Elle ne buvait

135

jamais ses verres en entier. Je sortis à mon tour. Une voiture de police était stationnée au carre-four. Plus loin, il y avait des cars de CRS. Une manifestation allait encore avoir lieu. Je bouton-nai le col de mon imperméable.

La suite se révéla d'une banalité gênante. Rue de Mézières, j'ai insulté Maud comme je n'avais jamais injurié personne. J'ai employé des mots que je n'aurais jamais cru devoir utiliser. Je n'ose même pas les reproduire ici. Maud ne répondait pas. Elle était sûre d'elle. Son choix était fait. Je fus abject. J'avais des excuses, mais je n'en suis pas plus fier pour autant. Je me laissais aller à la bassesse. Plus tard, viendraient la mélancolie et la résignation. Je me disais ça pour me consoler. Ça ne servait à rien. Pourtant, j'aurais voulu que les choses se passent convenablement. J'aurais voulu la perdre sans drame, en lui donnant une tape affectueuse sur les fesses. Je n'en ai pas été capable. Nos parents ne nous apprennent pas à nous comporter dans ce genre de situation. « Prends garde à toi. » C'est ce qu'elle m'a dit en partant. Elle n'employait pourtant jamais cette expression.

Ce soir-là, la télévision diffusa un documentaire sur la mort de Marilyn Monroe. Que faisiez-vous le 5 août 1962 ?

Ainsi prit fin notre belle histoire. Maud me laissa l'appartement avec tout ce qu'il contenait. Elle n'emporta que ses disques et ses vêtements. Les vidéos, je pouvais les garder. Pareil pour les livres. Ses parents avaient divorcé quand elle avait dix ans et elle avait assisté au déménagement, avec les costauds en débardeur qui demandaient sans cesse où allait quoi. Le spectacle l'avait traumatisée. Son père avait fini par claquer la porte. « Démerdez-vous avec vos cartons ! » Elle voulait nous épargner ça.

J'ai fini par avoir le fin mot. Maud a été franche avec moi. Vous la baisiez l'après-midi au Plaza. Adieu le temps des petits hôtels de la rive gauche. Lors de ses passages à Paris, Monsieur s'offrait pour ses cinq à sept des suites avenue Montaigne. On s'inscrivait sous un faux nom dans les palaces. Vous, c'est votre affaire, mais je pensais que Maud avait des goûts un peu moins ploucs. Est-ce que vous lui faisiez le coup du champagne avec le room-service ? Est-ce que vous commandiez du caviar, *après* ? Vous auriez pu aussi éviter de me téléphoner en pleine nuit, négligeant le décalage horaire. Je devine que l'alcool était responsable de cet oubli. Mais si l'un de nous avait des motifs pour boire trop, il me semble que c'était moi, non ? J'ai détesté être réveillé en sursaut par l'opératrice de AT and T. J'ai détesté ça. Quand je dormais, je réussissais à ne plus penser à Maud. Elle n'était plus là. Je ne savais pas où elle était allée. Si vous n'aviez pas son nouveau numéro, je n'y étais pour rien. Elle ne me l'avait pas donné, je vous le garantis.

Débrouillez-vous avec elle, désormais. A votre tour de vous habituer à ses absences. Que vous avait-elle raconté ? Que j'étais retourné chez mes parents ? Je vous signale qu'elle m'a laissé l'appartement. Elle n'a pas été inélégante jusqu'au bout. On ne va pas reparler de ça pendant cent sept ans. Je n'ai jamais su à quel moment elle avait commencé à me mentir.

Le temps me manque pour vous exposer tout ce que j'ai sur le cœur. Je ne pensais plus qu'à ça. J'ai vu Maud dans vos bras. Je l'ai vue vous apporter le petit déjeuner, sortir de votre salle de bains, une serviette-éponge nouée sous les aisselles. Je mentirais en disant que ces images ne m'ont pas fait mal. Il ne faut plus que je pense à elle. Vous allez désormais occuper tout mon esprit, remplir toute ma haine. Il y a de quoi faire. Cette maison au fond des bois, je ne veux plus la voir en peinture, avec sa petite barrière blanche, son gravier qui chuinte sous les pneus, sa boîte aux lettres juchée sur son piquet.

Vous m'avez parlé de vos dopplers, de la valve cardiaque qu'on vous avait implantée. Vos récits n'avaient plus de goût. C'étaient des souvenirs enveloppés sous du film étirable.

Au téléphone, Maud avait expliqué : « Il me dit des choses. Il me dit des choses qu'on ne m'a jamais dites. Même pas toi. Toi, tu ne parles que quand tu as peur. Ou que tu es triste.

– Ça n'est pas la même chose ? »

Pour qui vous preniez-vous ? Vieux cochon sénile. Elles vous excitent, n'est-ce pas, les petites filles ? Leur peau si douce, leur voix miaulante, leurs pieds en dedans. Maud est trop âgée pour vous.

C'était une de ces séances de l'après-midi où il n'y a que des gens seuls. A l'Action Christine, j'ai revu le film qu'on avait tiré de votre deuxième roman et où les acteurs ont la manie de répéter sur le mode interrogatif la phrase que vient de prononcer leur interlocuteur. Pas surprenant, dans ces conditions, s'il durait deux heures quarante. Le film avait été éreinté par la critique. Le public ne s'était pas déplacé. *Les Écureuils de Central Park* n'existait même pas en vidéo. Un des plus gros flops de la Warner. Vous vous étiez abrité derrière le fait que vous n'aviez pas participé à l'adaptation. C'était bien vous, ça. Prends le fric et tire-toi. Monsieur Mains-Propres.

Comment je vois l'adultère. Cette chambre-là. Ces draps-là. Cette lumière-là. Ces rideaux-là. Cette femme qui veut être nue. Ces mots-là.

Ces caresses-là. Cette montre sur la table de nuit. Ces deux-là.

Une nuit, le téléphone a sonné. Au bout du fil, ce fut d'abord une sorte de silence. Puis il y eut les sanglots, ces pleurs de femme en longue distance. Votre fille Zelda – Zelda ! vous aviez osé appeler votre fille Zelda – s'est excusée en reniflant. Elle avait trouvé mon numéro sur Internet. Elle vous en voulait terriblement. Elle était de mon côté. Tout ce que vous saviez faire, c'était du mal aux gens. Ça avait commencé par les disputes avec votre femme, les cris, les injures, tout ça devant les enfants qui vous tiraient par la manche, vous suppliant d'arrêter. Ou alors c'était la porte de la chambre qui se fermait dès que le ton montait. Cela avait continué avec vos livres dont vous vous serviez pour vous venger, ces livres que tous les voisins lisaient avec une délectation malsaine. A l'école, les autres élèves en parlaient en gloussant. Zelda me dit que le matin où elle découvrit le manuscrit d'*Un pays de crème glacée* sur la table basse du salon, cette première phrase qui fit le tour du monde, qui deviendrait un mot de passe sur les campus, elle ignorait que le reste de sa vie en serait bouleversé. *Un pays de crème glacée*, on le sait, décrit avec force détails un mariage calamiteux entre un universitaire et une de ses étudiantes. La rage éclatait à chaque page. Avec ce règlement de comptes, vous aviez touché quelque chose dans la mentalité américaine. L'édition de poche se vendit par millions. Sa couverture jaune devint si célèbre qu'on parla bientôt de « jaune Bruckinger ». Aujourd'hui, il y aurait eu des tee-shirts, des casquettes à l'effigie de votre héros. Mais aujourd'hui personne ne lit plus et vous trouvez très chic de ne plus écrire. Zelda se moucha. Dans le roman, sa mère en prenait pour son grade. *Un pays de crème glacée* a foutu votre famille en l'air. Le succès fut immense et l'enfance de Zelda vola en éclats.

– Zelda ? Vous êtes toujours là ?

– Je n'ai jamais reconnu ma mère dans le portrait que mon père a fait d'elle. Elle n'était pas cruelle. Vulnérable, ça oui, mais pas cruelle. Mon père n'a jamais rien su de la fragilité. Elle l'a trompé, bon, d'accord. Mais merde, elle avait dix ans de moins que lui. Dix ans ! Et il fallait voir comment il la traitait. Elle était si jeune, elle avait le droit de faire des erreurs. Non ?

— Vous êtes mariée, Zelda ?

— J'ai failli. Une fois. J'ai tout annulé la veille de la cérémonie. La scène à laquelle j'ai eu droit, avec mon père. L'ex-futur mari était le fils de son éditeur. Mon avenir était en jeu, et mon père ne pensait qu'à ses droits d'auteur et à ses contrats. Après ça, je n'ai plus jamais fait confiance à personne. J'aurais voulu qu'il me soutienne, qu'il me dise que j'avais raison. Il ne m'a pas adressé la parole pendant des mois. Avoir un père écrivain est sans doute la chose qui vous esquinte le plus. Premièrement, il avait fait un roman de leur séparation. Deuxièmement, ce roman s'était transformé en phénomène planétaire. Pour le monde entier, ma mère était cette roulure de bas étage, cette nymphomane insatiable. Quant à moi, j'apparaissais sous les traits d'un garçon de cinq ans baptisé Ronald. Vous parlez d'une imagination. Pour les autres, surtout après tout ce temps, ça n'est qu'un livre. Pour moi, il s'est agi d'une bombe atomique. Pendant des années, j'ai refusé de le lire. Je ne voulais pas savoir ce que mon horrible mère avait fait endurer à mon ange de père. Les articles m'avaient suffi. J'ai attendu d'avoir quinze ans. Je l'ai lu en un week-end, ne faisant pratiquement que ça, allongé sur mon lit en mangeant des Fingers Cadbury. Vous ne pouvez pas vous figurer le choc que ça a été. Le fichu salaud avait un de ces talents. Ces phrases chatoyantes, cet humour qui baignait les dialogues, cette détresse qui n'était qu'à lui. Mais je reconnaissais tous les personnages. C'étaient des gens qui venaient à la maison, avec qui nous allions au cinéma, au restaurant. L'un d'eux était l'amant de ma mère. C'était un type aux cheveux poivre et sel qui avait un labrador. Evidemment, je l'adorais. Il m'emmenait toujours prendre une glace à la vanille, au bar de la plage, pendant les vacances. Mais je vous ennuie, là ?

— Pas du tout. Continuez.

— En même temps, si ma mère n'avait pas aimé les premiers textes de mon père, je n'existerais pas.

Elle renifla encore une fois, s'excusa et raccrocha tout doucement, sans prévenir et sans bruit.

Il faut vous dire que Maud n'a pas toujours été ce petit ange. Un mois après que je l'ai connue, elle tombait enceinte. Naturellement, elle ne m'avait pas prévenu. Mademoiselle avait jugé très astucieux d'arrêter la pilule. « Une preuve d'amour », selon elle. La tête qu'elle a eue quand je lui ai annoncé qu'il n'était pas question de garder ce bébé. Elle n'a pas fait trop d'histoires, je dois lui accorder ça. Avec le recul, je me dis que j'ai eu le nez creux. Qu'est-ce que nous aurions fabriqué d'un enfant ? Une de ses amies l'a accompagnée à Saint-Vincent-de-Paul. Je suis allé la chercher deux jours plus tard et nous nous sommes arrêtés à la Closerie des Lilas pour prendre des steaks-tartare. Je n'en menais pas large. Elle était très blanche, presque silencieuse. Aucun reproche, néanmoins. J'avais un peu peur qu'elle ne se mette à pleurer. Il paraît que c'est à cause de cette opération qu'elle ne peut plus avoir d'enfant.

J'ai réclamé l'addition et nous sommes montés dans la Lancia. Je crois que je n'ai jamais conduit aussi lentement de ma vie. Maud a

145

allumé la radio. Je me souviens qu'il y avait un vieux tube de Jackson Browne, cette chanson qui dure près d'un quart d'heure, avec une rupture de rythme au milieu. Nous n'avons plus reparlé de tout ça. Je ne sais pas si elle l'a fait exprès ou si elle était inconsciente. Peut-être qu'elle était amoureuse, tout simplement. Il y a toute une catégorie de filles qui pensent qu'un bébé est ce qui pourrait faire le plus plaisir à un garçon. Moi, je ne voulais surtout pas vieillir, m'abrutir de responsabilités. Tout cela pour vous dire que vous pouvez y aller. Lâchez donc la purée, vieux dégueulasse. Doublez votre ration de Viagra. Vous ne risquez rien. Aucun petit Bruckinger ne viendra encombrer la planète.

— Je voudrais une voiture plus grande, un appartement plus petit et un enfant, dit Maud.
— Dans quel ordre ?

Pour dire le vrai, je ne connais pas grand-chose aux écrivains. C'est pour ça que je ne me suis pas méfié. Il y en a bien eu un dans la famille, mais ce vague oncle est mort en 1986 dans un accident de voiture, ce qu'à l'époque j'avais trouvé terriblement démodé. Je me souviens d'un type qui arrivait toujours en retard quand on l'invitait et qui parlait beaucoup de lui. Un de ses livres avait été adapté à la télévision et il en avait fait tout un plat. J'avais regardé ce que ça donnait parce qu'une actrice que j'aimais bien figurait au générique. Ma mère disait que Serge buvait trop, qu'il fallait lui pardonner : les artistes étaient comme ça. Elle lui trouvait tout un tas d'excuses. Artiste ! Je me demande surtout si Serge n'était pas un peu pédé, oui. On ne le voyait jamais avec une fille. A moins qu'il n'ait été l'amant de ma mère. C'était peut-être ça. Il s'est tué au volant d'une voiture française, ce qui aggrave son cas à mes yeux. Je n'ai pas lu un seul de ses livres. Il nous offrait chacun de ses titres pour Noël, ce con-là.

La nuit, c'est ce qu'il y a de pire. Dans la journée, ça peut aller. J'avais ces milliers de soirées devant moi. Je suis à côté du téléphone et le téléphone ne sonne pas. Dans la glace, je me fais peur.

Où est Maud ? Où est-elle ? Elle sait où me joindre. Elle n'a qu'à composer le vieux numéro, celui dont elle m'avait dit s'être souvenue tout de suite par cœur parce qu'il contenait plein de 7. Je voudrais retourner à Paris et la trouver là, dans l'appartement, avec sa petite culotte de coton blanc et son tee-shirt gris, ses longs bras nus au léger duvet. Je voudrais la rouer de coups. Frapper une femme, on doit s'y habituer, n'est-ce pas ? Je voudrais me réveiller, sortir de toute cette merde.

A un moment, j'ai bien cru que j'allais y passer. Voilà ma vie : des tas de sales angoisses qui ne riment à rien. Je me laissais aller et je m'en faisais un monde.

Je radote. Oui, je radote. Je voudrais vous y voir. Je ne suis pas aussi zen que vous. Le yoga n'a jamais été mon truc. J'ai une douleur au ventre. Ma mère dit que c'est l'angoisse. J'ai une mère qui soigne la sienne dans des flots de whiskey irlandais.

Un bien fou

Cette lettre, je l'ai écrite sans reprendre mon souffle, la tête sous l'eau. Une apnée de deux cent huit feuillets. Ne vous étonnez pas d'être éclaboussé quand je remonterai à la surface. Si vous avez des problèmes pour la traduction, demandez à Maud. Vous avez pu noter que je ne sais jamais si je dois employer le passé simple ou le passé composé.

Il était sans doute inévitable que les choses se terminent ainsi. Maud n'avait pas revu son père depuis des années. Vous aviez toutes les qualités requises pour tenir ce rôle. Beaucoup plus que moi en tout cas : la preuve. En dehors de l'âge, qui ne comptait pas pour rien, vous étiez gentil, prévenant, attentif. Votre légende ne déparait pas le tableau. Qu'elle fût entourée de cet épais mystère aggravait votre séduction.

Cette fois, c'est moi qui rappelai. Zelda fut charmante. Elle habite le brownstone où on a tourné *Petit déjeuner chez Tiffany*. A longueur de journée, des gens se tiennent sur le trottoir d'en face pour admirer l'immeuble, mitrailler la façade. Elle reprit la conversation comme si de rien n'était. Vous aviez emporté votre machine à écrire pendant votre lune de miel. C'était une habitude, chez vous. La machine ne vous quitta pas dans la chambre de clinique où vous attendiez la naissance de votre fille. Les infirmières durent même faire cesser cet étrange cliquetis qui dérangeait les autres mamans. Quand vous avez tapé votre premier roman, la lettre L était cassée. Vous avez dû remplir au stylo tous les espaces laissés en blanc par la machine. Vous n'avez jamais vendu au cinéma les droits d'*Un pays de crème glacée*. Pourtant, Paul Newman voulait jouer Warren Bird. Aucun autre de vos livres n'atteignit la renommée internationale du premier. Sur les photographies de l'époque, vous aviez un faux air de Sterling Hayden dans *Ultime razzia*, ou de Burt Lancaster au début des *Tueurs*. Zelda avait gardé l'exemplaire du *New Yorker* daté de mai 1972 (l'année où vous aviez été juré au Festival de Cannes) où figurait la dernière nouvelle que vous avez publiée.

Il y a eu votre troisième roman, la fameuse suite des aventures de la famille Bird. Quelle affaire. Le public était en haleine. Les échos se multipliaient dans la presse. Votre politique : motus et bouche cousue. Le livre n'est jamais sorti. Il est devenu un mythe. Un chapitre avait paru dans *Esquire*. Puis plus rien. Ce que l'on a moins su, c'est que vous aviez envoyé sous un faux nom votre manuscrit à plusieurs éditeurs. Tous, sans exception, l'ont refusé. La nouvelle vous a flanqué un coup. Aucun directeur littéraire, même celui avec qui vous déjeuniez une fois par semaine à la Côte Basque, n'a reconnu votre style. Ce qui avait débuté comme un canular virait à l'aigre. La blague se retournait contre vous. Vous en rigoliez, en racontant ça. C'était un rire un peu forcé. Vous n'avez rien ajouté, mais j'ai bien senti au ton de votre voix, à quelque chose de vague dans votre regard, que la mésaventure avait pesé dans votre choix de vous taire désormais. En un sens, c'était une décision tout ce qu'il y avait de respectable. Ainsi commença ce silence

151

qui a privé l'Amérique du plus brillant de ses écrivains.

Avec vous, pourtant, on n'était jamais sûr de rien. Il y avait une suite. Vous avez fait imprimer le livre à vos frais, dans le secret le plus absolu, et en avez déposé un exemplaire dans quelques bibliothèques pour enfants. Fallait-il vous croire ? J'ai insisté pour que vous me dévoiliez le pseudonyme que vous aviez utilisé, mais de ce côté, pas moyen. Votre fin sourire décourageait les questions plus précises. Le chapitre était clos. Vous en aviez assez dit. Si vous n'avez pas menti, le coup est vraiment réussi, dans son genre. Les pages les plus recherchées du monde, coincées quelque part entre *Peter Pan* et *Eloïse*. Ça, vous avez dû vous amuser. Vous les avez bien eus. En même temps, on ne m'empêchera pas de déceler dans votre geste un soupçon de détresse. Vous avez joué avec le feu. Le plus grand écrivain américain refusé comme un vulgaire débutant. Vous y avez vu la preuve que l'édition constituait une vaste plaisanterie. A mon tour, je ricane en pensant que des armées de chercheurs vont retrousser leurs manches et fouiller dans des rayonnages poussiéreux remplis d'Enid Blyton et d'Harry Potter en quête d'un miraculeux volume dont ils ignorent et le titre et le nom de l'auteur.

Maud, ce qui va suivre est pour toi. Dis à Sebastian de sauter ces passages. Ils ne le regardent pas. Qu'il aille se servir un Martini dans la cuisine, qu'il allume la télévision, il y a sûrement quelque part un résumé des événements sportifs de la journée. Okay, Sebastian ? Bon. Maud, tu es toujours là ?

Pourquoi ne sommes-nous plus amis ? Je croyais que nous réussirions à nous entendre, que les souvenirs seraient les plus forts. Maud, je revois ton sourire douloureux à travers la fumée de ta cigarette, la détermination dans tes yeux qui me fixaient d'une façon telle que je baissais les miens. Nous avions essayé de parler, dans ce restaurant russe spécialisé dans le saumon fumé et le caviar. La vodka n'avait servi qu'à nous rendre plus tristes encore. Nous bûmes à nos bêtises, à nos secrets. Je n'arrivais même pas à me saouler. On se serait cru dans l'endroit le plus important sur terre. Toi, je ne sais pas, mais moi en tout cas c'est comme ça que j'ai envisagé la chose. Mais peut-être que tu as déjà oublié ce déjeuner, cette blonde à la table voisine dont tu avais dit : « Tu veux voir la femme la plus liftée de Paris ? Retourne-toi », le maître d'hôtel qui avait l'accent du Midi, les desserts qui n'étaient pas pour nous, leur machine pour les cartes de crédit qui était tombée en panne, la main que tu as posée une bonne minute sur la mienne sans rien dire, à la fin. Entre nous, il n'y avait plus que de l'incompréhension. J'ai gardé l'étiquette de la vodka au piment. Je n'en ai jamais retrouvé nulle part.

Je voudrais juste te demander l'erreur que j'ai commise. Avant, tout me semblait logique. Maintenant, je suis perdu. Je m'étais bâti un avenir et je ne songe plus qu'au passé. Un jour, je ne sais pas, nous pourrions nous rencontrer, prendre un verre entre adultes, reparler de ces journées qui étaient toutes chargées d'émotion. Est-ce que tu continues à détacher le filtre de tes cigarettes avant de les allumer ? Oublies-tu toujours de débrancher le séchoir dans la salle de bains ? Vois-tu encore cette fille si drôle avec laquelle tu avais été à Montaigne et qui était devenue préparatrice dans une boutique de sandwichs, rue de Bourgogne ? Cela t'avait rendue mélancolique. Je crois qu'elle s'appelait Benjamine. Oui, c'est ça : Benjamine. Est-ce que, quand quelque chose t'embête, tu tapotes toujours tes dents de devant avec ton index ? Regrettes-tu toujours de ne pas avoir de bébé ? Est-ce que tu t'ennuierais avec moi, dis ? Ne me traite surtout pas avec condescendance. Tu devais être mieux armée que moi, avoir des ressources insoupçonnées. Moi, je me sens dans la peau d'un convalescent. Tu as infecté une partie de ma vie. Je commence seulement à guérir. C'est au Karcher que j'aurais dû me débarrasser de toi. S'il te plaît, Maud, casse-toi.

J'ai une photo de moi à cinq ans, dans son cadre de métal, et quand ça ne va pas, je lui parle. Croyez-moi ou non, mais je lui parle, à ce petit garçon. Je le regarde. Je ne l'ai pas assez protégé. Il ne sait pas ce qui l'attend. Dans l'ensemble, j'avais essayé de m'accrocher loyalement à mes rêves de gamin.

J'avais raconté ça à Maud, lors de notre premier dîner au restaurant. Elle n'a rien dit, mais le lendemain elle m'a donné une photo d'elle au même âge. Les deux cadres sont côte à côte, au-dessus de la cheminée.

J'ai revu Maud, figurez-vous. Elle ne vous l'a peut-être pas dit, mais quand elle est revenue à Paris pour régler une histoire de passeport, elle m'a téléphoné.

C'était un lundi. Je m'étais promis de ne pas prononcer votre nom. Dehors, les rues avaient leur aspect morbide de dix-neuf heures trente, avec tous ces employés qui rentraient chez eux à contrecœur. Je ne voulais pas être en retard. J'avais annulé un rendez-vous. Elle sonna au moment où je posais une compilation sur la chaîne. Elle se débarrassa de son manteau.

– Qu'est-ce que tu bois ? Toujours du gin-pamplemousse ?

Elle vida son verre en deux fois. Le CD démarrait par une chanson très lente.

— Tu danses ?

— Non.

— Allez, viens danser.

— Je n'aime pas les slows.

— Moi non plus. Viens.

Elle tendait les mains, paumes vers le haut, en penchant la tête comme elle savait si bien le faire.

— Merci. Dis, tu me détestes ?

— Non. Plus maintenant. Enfin, je ne sais pas.

Ses pieds glissaient doucement sur le parquet. Je sentais son dos sous ma main, la dureté de sa colonne vertébrale.

— Je n'ai pas assez bu.

Je la fixai d'un regard que j'espérai le plus froid possible.

— Qu'est-ce que tu as ?

Elle souriait en tordant la mâchoire. Les Américaines font souvent ça en parlant, leurs lèvres imitant l'anneau de Moebius. La chanson se termina. Je fis tourner Maud en une passe de rock au ralenti.

— C'est toi qui m'as appris à danser le rock, dit-elle.

157

J'éteignis la chaîne. Je savais qu'après il y avait un air des Beatles que je ne supportais pas. Maud se leva et alla dans la cuisine. Je l'entendis ouvrir avec brusquerie le lave-vaisselle, considérer l'intérieur qui était vide et propre, puis refermer la porte. Elle revint en allumant une cigarette. Elle remit un disque et voulut danser à nouveau. Je lui obéis.

— Je suis sûre que tu ne peux même pas dire de quelle couleur sont mes yeux.

Je me tournai vers elle pour essayer de la voir de face.

— Hé, sans regarder !

Nous dansions depuis des heures dans un petit désordre de rock, de whisky et de tee-shirts. Maud a couché là. Au lit, elle se mit à califourchon sur moi et ses larmes me tombaient une à une sur la poitrine. Cela m'a fait un drôle d'effet. Elle pleurait en silence, en bougeant doucement. Je vous jure que je n'invente rien. Pourquoi le ferais-je ? Lorsque ce fut fini, elle s'endormit sans un mot.

C'est la dernière fois que j'ai couché avec elle. Je me souviens de cette fois-là et de la première, mais je ne suis pas là pour vous

158

raconter ma vie, alors les détails cochons vous pouvez faire une croix dessus. Maud grinçait des dents en dormant. Ça ne lui arrivait pas toutes les nuits, mais quand même assez souvent. Elle a refusé de prendre un petit déjeuner. Elle y allait. Je la raccompagnai rue de Sèvres. Le vent colla son imperméable contre sa poitrine. Les rafales étaient si fortes que la pluie tombait presque à l'horizontale. Dans la vitrine d'une teinturerie, une dizaine de tutus étaient suspendus à des cintres. Maud m'embrassa sur les deux joues. Ce baiser, j'aurais dû me le repasser au ralenti. Maintenant, je suis sûr : elle a les yeux noirs comme des pépins de pastèque.

– Quel jour est-on demain : jeudi ?

Ensuite, il y eut un silence pendant lequel nous avons certainement pensé tous les deux à la même chose.

Elle grimpe dans le 70. L'autobus démarre vers le XVe arrondissement. Maud est dedans. Je me dis que c'est la dernière fois que je la vois. Je me dis que ça n'est pas vrai. Je rentrai rue de Mézières. Un paquet de Marlboro vide et froissé gisait sur la table basse. Adios, basta, finito.

Les mois qui suivirent furent une période de tristesse et de désarroi. Je pleurais dangereusement sur moi-même. Plus personne ne prononçait le nom de Maud devant moi. C'était comme si elle n'avait jamais existé. Je ne voulais pas de ça. L'oubli n'était pas une solution et le souvenir ne suffisait pas. J'allais me venger. Je ne savais pas comment, mais j'allais me venger. Il n'était pas question de laisser Maud appartenir définitivement au passé.

Les amis s'étaient montrés discrets, lointains. On disait sans doute que je buvais trop. Les invitations se faisaient rares. On ne savait pas trop quoi faire dans les dîners d'un type dans mon genre. J'allais si mal que les soirées étaient consacrées à écouter de vieux Supertramp. Quand j'en serais à Dire Straits, je m'inquiéterais vraiment.

Il y a désormais cette fille en Amérique.

J'apprends à faire des choses tout seul. Le samedi matin, je lis les journaux sans pouvoir les commenter à haute voix. Maud me manque. Je continue à recevoir ses abonnements à

160

Elle, à *Vogue* et je ne sais pas où les lui faire suivre. Il y a plein d'endroits où je n'ose plus aller de peur qu'on ne me demande de ses nouvelles. C'est encore pire que si elle était morte. Je me sens vidé, retourné comme un gant. On m'a conseillé de me saouler. Je regarde une émission littéraire où une lesbienne explique en long et en large qu'elle a couché avec son père. Encore un livre que je n'achèterai pas.

Un jour, je réussirai à dormir. Dehors, les lumières changent. Le millénaire fait sous lui. Turquie, Grèce, Tokyo, la terre tremble de partout. C'est tout juste si je n'entends pas mes dents craquer. Il faudrait faire quelque chose. J'ai froid, tout d'un coup. Cela va finir. Quand je m'endors, je fais des rêves effrayants. Un Noir brûle les seins de Maud au chalumeau. La prof de maths que j'avais en seconde me plante une seringue dans l'œil droit. Une chanson de Céline Dion repasse en boucle sur la platine. Sous la menace, je suis obligé de déjeuner au restaurant de la boutique Colette. Je me réveille en sueur, la gorge sèche. Je vais essayer de guérir. Trop de moments du passé, les bons, les mauvais, reposent là, intacts, comme des objets derrière la vitrine d'un musée, des richesses désormais inaccessibles qui ne servent désormais qu'à me narguer. Maud et sa peau si lisse à l'intérieur du coude, Maud si minuscule qu'on avait envie de l'aimanter sur la porte du frigidaire, les sons, les couleurs, les Esquimau à l'entracte, les briquets allumés à la fin des concerts à Bercy, les merveilleux petits sandwichs de chez Lina's, la carte orange, les justificatifs de taxi, les moelleux au chocolat. Ça va bien. Ça va aller. Je colle mon front à la vitre. Dehors, il neige. Je contemple la chute des flocons, leur lenteur pâle. Une chose pareille ne devrait arriver à personne. Ça n'est pas possible. Ça serait comme exister avant l'invention de la tristesse et du divorce. Autant refuser de vivre.

Bientôt ce sera l'anniversaire de Maud. Chaque fois, je l'emmenais à Saulieu chez Bernard Loiseau. Je doute que, dans les environs de chez vous, un restaurant soutienne la comparaison. Aux alentours du 6 septembre, Maud regrettera un peu de notre existence commune. Ça sera peut-être la seule chose qui lui manquera, mais permettez-moi de penser que c'est déjà ça. Aux Etats-Unis, la saison des truffes n'existe pas. Vous l'inviterez dans un de ces établissements guindés où l'on sert des langoustes et des viandes en sauce. Maud sourira, car elle est bien élevée et qu'elle ne déteste pas les efforts que l'on déploie pour elle. Ce soir-là, je dînerai seul. A la vôtre.

Pardon, mais j'en ai un peu assez de vous raconter ma vie. C'est la vôtre que j'aimerais foutre en l'air, désormais.

Une année après avoir perdu Maud, je pris un billet pour les Etats-Unis. Le voyage fut mouvementé. Une heure de retard au décollage et un problème d'informatique qui me permit de me retrouver en première.

La plupart des passagers dormaient. Sur les écrans portatifs, le film se déroulait pour presque personne. Woody Harrelson revenait dans son pays natal. A mon tour, je m'offris une sieste.

L'avion reprit de l'altitude et s'engouffra à nouveau dans les nuages. Les turbulences remirent ça de plus belle. La carlingue tremblait comme un épileptique en pleine crise. L'hôtesse était une grande blonde avec un grain de beauté sur la lèvre supérieure. J'avais un siège près du hublot et il n'y avait personne à côté de moi. L'aile luisait comme le dos d'une cuillère en inox. Je me pinçai les narines. Je n'arrivais pas à me déboucher les oreilles. L'hôtesse servit une collation. Je ne touchai pas à mon sandwich au saumon, goûtai un grand cru de bordeaux qui ne valait pas sa réputation. Dans le haut-parleur, on entendit la voix de canard du commandant de bord. Il donna la température au sol et s'excusa pour ses trois minutes d'avance. Cela applaudit à l'arrière. J'ai soulevé le store pour regarder un peu dehors. En bas, l'Atlantique brillait d'un bleu infini : un ciel à l'envers. La surface était parsemée des minuscules taches blanches que formaient les vagues. J'admirai le sillage des horsbord, les premières maisons sur la côte. L'eau

164

devait être glaciale, bourrée de requins. Des plongeurs rechercheraient mon cadavre déchiqueté. Une étrange douleur me tordait l'estomac. Il y avait la queue devant les toilettes. Pour la première fois de ma vie, je chiai dans un avion. J'avais un peu mal au dos à force d'être resté assis. L'agitation s'accéléra. De l'autre côté de l'allée, un adolescent remuait la tête en cadence, ses écouteurs encadrant son visage. Les stewards ramassaient les couvertures, les fourraient en boules dans un sac de plastique noir. Devant moi, à la douane, un gros Pakistanais portait une veste de cuir ornée au dos d'une tête de chef indien. Dans le hall, un sapin décoré et des chants de Noël augmentèrent mon sentiment de solitude. Un taxi brinquebalant m'amena à Manhattan. L'embouteillage débuta bien avant le tunnel. Les voitures se frôlaient au ralenti. Nous longions des chantiers désaffectés, des églises de toutes confessions, des terrains de basket, des résidences pour troisième âge, des pavillons de planches peintes, des postes à essence, des magasins de pompes funèbres, des cafétérias, un stade de base-ball, des motels bon marché, des réservoirs de pétrole. Nous nous engageâmes sur un pont suspendu. Le soleil allait bientôt se coucher et ses derniers rayons découpaient les silhouettes noires des gratte-ciel. Mon oreille se déboucha brusquement. Je ne sais pas ce que j'étais le plus : excité ou fatigué.

Des voix chuchotaient dans mon crâne. Le décalage horaire commençait à agir. L'ascenseur m'avait aspiré comme une paille jusqu'à mon étage.

C'est le soir. La pluie redouble. Depuis la fenêtre, je regarde les gouttes dessiner des ronds dans les flaques, en contrebas. L'hôtel est dans Soho. Un camion est garé en biais sur le trottoir d'en face. La carrosserie entière est couverte de graffitis. Un taxi jaune patiente en double file. Un homme en pardessus poil de chameau monte à l'arrière et le chausseur démarre en trombe. J'entends les voituriers siffler aussitôt en quête d'un autre véhicule. Le vent s'engouffre dans les immeubles. Des pages de journal virevoltent dans l'avenue. C'est un hiver de merde. J'appelle le room-service pour qu'on me prépare un club-sandwich. Marianne Faithfull passe dans une émis-

sion de variétés. L'agence s'était servie de *Bro-
ken English* pour illustrer un spot pour un café
lyophilisé.

J'éteins. J'appelle Margot ; elle est absente.
J'essaye Rodolphe ; personne non plus. A Paris,
tout le monde est sorti dîner. Je ne laisse pas
de message.

Je reste allongé dans le noir, les yeux grands
ouverts.

New York, putain. Saleté de ville. Je n'aurais
jamais cru qu'on puisse être malheureux
comme ça aussi loin de chez soi. Pour moi, le
malheur était quelque chose d'intime, une
sorte d'animal domestique dont on n'arrive pas
à se débarrasser et qui vous pourrit la vie sur
place. La nuit, seul dans cette chambre
numéro 306, je rallumais tous les quarts
d'heure. Je n'arrêtais pas de vomir. Je ne sais
pas ce que j'avais. Je passais mon temps à
genoux devant les chiottes. Je n'avais même pas
besoin de m'enfoncer deux doigts dans la bouche. Cela sortait tout seul, presque naturellement. J'avais l'impression que je ne dormirais

jamais. Je repensais à tous ces musiciens de rock qui étaient morts dans leur sommeil, étouffés par leur dégueulis. J'étais là, dans le noir, recroquevillé en chien de fusil. J'avais froid. Je tremblais, roulé en boule sous les draps. C'était comme si j'avalais de la neige carbonique par poignées. Mon estomac faisait du saut à l'élastique. Ça continuait. Je sautais les repas, pissais toutes les vingt secondes. Le réverbère de la rue dessinait des hachures au plafond, à travers le store vénitien en bois d'une essence rare (le nom exact est sans doute mentionné dans le dépliant de l'hôtel, mais j'ai oublié lequel : j'avais d'autres trucs en tête, si vous voyez ce que je veux dire). J'ai dérangé le room-service vingt-quatre heures sur vingt-quatre. Quand il n'y avait plus de bière dans le mini-bar, je décrochais le téléphone sur la table de chevet et appuyais sur la touche 8.

— Tenez, voilà pour vous.

Je glissai deux dollars dans la paume du portier. New York est une ville où l'on passe son temps à distribuer des billets : pour aller pisser, pour descendre de taxi, pour franchir un seuil. J'en étais au point de ne plus oser rentrer à l'hôtel sans avoir fait de la monnaie au kiosque à journaux ou au *delicatessen*. Je me munissais de magazines que je ne lisais pas, ne terminais pas mes gobelets de café, rien que pour casser des billets de dix, des billets de vingt. Pourquoi les portiers d'hôtel sont-ils mieux habillés que les clients ?

Dans la journée, je rentrais, je sortais. Je ne tenais pas en place. La barrière de la langue aggravait mon désarroi. Comme vous avez pu le constater, mon anglais n'était pas toujours des plus fameux. Au restaurant, je désignais un plat au hasard sur la carte ou montrais du doigt une assiette sur la table voisine. Dans les japonais, je me débrouillais avec les numéros. Le moyen de faire autrement ? Sinon, je ne me serais nourri que de hamburgers au McDonald's sur Broadway. Lorsque le serveur m'adressait la parole, je hochais la tête d'un air entendu. Conséquence : il m'apportait un vin blanc pétillant au lieu du chardonnay que j'avais commandé, me gratifiait d'une salade de chou rouge qui me barbouillait l'estomac.

J'ai bu comme je n'avais jamais bu auparavant, tout seul, sans rime ni raison. Aucun plaisir. L'alcool m'aidait à tenir le coup. Je recommande la méthode à quiconque vient d'être plaqué. Le foie est un organe beaucoup plus résistant que le cœur. Des litres et des litres, j'ai dû engloutir en l'espace de quelques semaines. Je n'arrivais pas à me saouler. J'étais dans un état de fébrilité permanente. Ça n'était pas désagréable. J'avais envie de me battre.

J'entrai dans un bar que baignait une lumière de salle d'opération. Tout le monde avait des lunettes de soleil. Le barman ignorait ce qu'était un gin-fizz. Je me contentai d'un gin and tonic. Vous dites gin and tonic, ici. Si ça peut vous faire plaisir. Ça se prend pour le gendarme du monde et ça n'est même pas foutu de préparer un gin-fizz. Je titubais devant l'urinoir du sous-sol. Des glaçons étaient en train de fondre dans la cuvette. Sur la faïence, un poil noir dessinait un S parfait. Je refermai ma braguette, négligeant par flemme le bouton du haut. A part une pute désireuse de me tailler une pipe, personne ne remarquerait rien. Je ne me suis pas rasé depuis mon arrivée. Mon menton pique.

C'est moi, là, au comptoir, en train de désigner les manettes des pressions. Je suis celui qui n'a jamais su faire la différence entre *pale* et *ale*. Donnez-moi ce qui vous tombe sous la main. Remplissez ce fichu verre sans faire de salamalecs, ça m'ira. Tout m'allait. Un autre, *please*. Très vite, mes idées se brouillaient. Je négligeais le but de mon voyage. Je ne trouvais plus mes mots, mes pauvres mots d'anglais. J'ignorais si c'était de la rage ou de la tristesse que je ressentais. Je ne savais plus rien. Le monde était flou, sans repères. Je m'achetais des pulls (coton) chez J. Crew, des chemises (oxford) chez Banana Republic, des costumes (seersucker) chez Ralph Lauren, des chaussettes (fil d'Ecosse) chez Brooks Brothers. J'achetais des hot dogs à la moutarde douce, des magazines qui sentaient l'after-shave à cause des publicités. Je louais de vieux films en vidéo. J'ai revu *If,* avec cette sale gueule de Malcolm McDowell. Il est tout jeune, là-dedans. Il n'avait pas encore tourné *Orange*

171

mécanique. Vous vous souvenez de la chanson *Sanctus*, de la partie de baise avec la serveuse du pub, de la fusillade sur les toits, à la fin ? Moi aussi, j'aurais bien tiré sur tout ce qui bouge. J'avais vraiment envie de tuer quelqu'un. Comment s'y prenait-on ? Est-ce qu'on avait peur ? Le sang vous éclaboussait-il ? Y avait-il des morceaux de cervelle partout ? Ma barbe continue à pousser. Bientôt je ne me reconnaîtrai plus. Encore un soir. Encore une nuit. J'ai franchi le cordon de velours. J'ai bousculé des gens qui piétinaient sur le trottoir. Le videur avec son téléphone portable m'a laissé passer. Sur la scène, un drag-queen dévidait des insanités dont je ne saisissais pas la moitié. J'ai entendu un *blow job*, un *cocksucker*. On n'était pas au cinéma. Les sous-titres me manquaient. Au bar, à droite de l'escalier, j'ai pris une tequila-sunrise (pas commandé ça depuis l'ouverture des Bains-Douches). Le travelo continuait à déblatérer, de sa voix de rogomme, au milieu des cris et des sifflets. Entre chaque phrase, il éclatait de son gros rire râpeux. La salle applaudissait. Je redemandai la même chose. La fille

172

sur le tabouret voisin du mien a voulu savoir si j'étais français. Mon accent m'avait trahi. Elle était de Bordeaux et avait un sac à dos en nylon. Elle travaillait à Wall Street. Elle buvait du mint-julep. Elle se chatouillait les lèvres avec la petite feuille verte.

– Qu'est-ce que vous faites à New York ?

– Je suis venu tuer quelqu'un.

Elle a cru que je plaisantais. Les gens ne vous croient jamais quand vous êtes sérieux. J'aurais dû avoir un flingue sur moi. Elle aurait vu si je me moquais d'elle. Mais dans cette boîte, il y avait un détecteur de métaux à l'entrée, comme dans les aéroports. Saleté de ville. Putains de cinglés. La Bordelaise essayait d'allumer une cigarette, puis y a renoncé et l'a lâchée dans son verre qui était à peine entamé.

– Qu'est-ce qu'il y a ?

– Rien. J'écoute ce qu'il raconte.

Elle venait tous les soirs. Le travelo s'appelait Cristal, ou Crystal avec un *y*. Je n'avais même pas envie de baiser cette petite Française. Elle n'était pas mal, pourtant. Mules noires, jambes fines, jupe de soie rouge vif, chemisier assez déboutonné, veste en jean et cet air d'être un peu ravagée qui m'a toujours plu chez certaines femmes à partir de dix heures du soir. Ça n'était pas le jour. La conversation roula autour du film qu'elle avait vu dans l'avion au cours de son dernier vol pour Paris, de la B.O. de *Boogie Nights*, d'un bar à sandwichs situé à Brooklyn, d'un producteur de disques qui voulait l'épouser bien qu'il soit homosexuel, de l'odeur des rousses (elle ne l'était pas), d'un hôtel aux Seychelles, de la bite de Leonardo di Caprio, des remontées mécaniques du Pas-de-la-Case dans les Pyrénées, de la couleur du sable en Australie, de l'herpès, de Philippe Djian qui n'habitait plus quai des Chartrons, d'une campagne de publicité que j'avais montée pour un produit qui n'existait pas (ce qui m'avait valu non d'être viré de l'agence, mais de recevoir une récompense internationale), de Natalie Merchant, de Berlin qui était une ville pleine d'Allemands, du Café del Mar, du virus Ebola, d'un sculpteur qui vivait à Soho et qui était un ami de Philippe Sollers.

– Qui ça ?
– Un Bordelais. Joli pull.
– Gap.

— Vous avez les mêmes à Paris, je vous signale.

Elle m'étudia avec une attention excessive.

— Vous n'avez pas l'intention de flirter avec moi, quand même ?

— Je ne sais pas ce que veut dire flirter. Je n'ai pas entendu ce mot depuis l'époque mérovingienne.

— Snob, avec ça.

Le serveur déposa devant moi une nouvelle tequila-sunrise sans que je lui aie réclamé quoi que ce soit. J'en avais un peu assez de parler avec la Française. Elle lançait des coups d'œil partout autour d'elle.

— Vous attendez quelqu'un ?

— Oui, oui. C'est ça.

Sa main bougeait devant son visage. Elle avait un rouge à lèvres presque noir. C'était bien ma chance, réussir à pénétrer dans un des clubs les plus fermés de Manhattan pour tomber sur une connasse de Française qui, par-dessus le marché, traficotait à la Bourse. La foule était de plus en plus compacte. Les corps s'écrabouillaient. La nuit courait à sa perte. De la musique avait remplacé la harangue du travesti. De la fumée sem-

blait monter des projecteurs accrochés au plafond. Les tentures de velours damassé devaient
retenir toutes les odeurs. A part les tabourets du
bar, il n'y avait rien pour s'asseoir. Les verres
étaient des gobelets de plastique transparent.

— Because sida, fit ma voisine.

J'avais oublié son prénom. Chloé ? Stéphanie ? Gabrielle ? Elle ne portait pas de soutien-
gorge. Quand elle se penchait, je distinguais
un morceau de son sein gauche. Elle ôta le
filtre d'une cigarette avant de l'allumer. Cela
me rappela quelqu'un. La fumée sortit de ses
narines en deux traits parallèles. Des paillettes
jonchaient le tapis à nos pieds. La techno
n'était pas trop assourdissante. A l'extérieur,
c'était la nuit, le meurtre, les faux serments. A
Paris, il était six heures du matin. Je me passais
une main sur la figure. Je n'en pouvais plus.
Le flash d'un appareil éclaira un coin de la salle.
On photographiait une célébrité de la semaine.
La compatriote me précisa que le monsieur en
question avait eu droit à la couverture du dernier *Talk*. Un malabar en costume noir surgit
de derrière le bar avec un talkie-walkie grésil-
lant. Son jumeau, vêtu à l'identique, mais avec

un écouteur dans l'oreille, se dirigea vers les escaliers. La Française prit son air rêveur. Elle pensait à autre chose. Je faillis lui demander à quoi. Je me foutais bien de la réponse.

Des gens criaient des noms. Cela discutait trop fort. La fille s'arracha la moitié d'un ongle avec les dents. Elle était vraiment spéciale. J'avais envie qu'elle partê. Calte, connasse. A vingt ans, je parlais comme ça des filles et je ne m'en portais pas plus mal. Connasse, steak, radasse, le vocabulaire ne manquait pas pour les désigner. Les termes n'étaient jamais très flatteurs. Peut-être qu'elles en avaient autant à notre service. Je sentais le sang s'épaissir dans mes veines. Cette fournaise, tout d'un coup. Une armée de Lilliputiens s'attaquait à mon crâne à coups de pioche.

— Casse-toi, morue.
— Qu'est-ce que vous dites ?
— Qu'est-ce que c'est que cette rue ?
— West Broadway.
— Ah.
— Vous ne savez pas où vous êtes ?
— Plus très bien, non.
— Vous voilà donc un vrai New-yorkais.

177

Qu'est-ce qu'elle racontait ? Elle marmon-
nait des trucs inaudibles. Elle souriait avec
espoir et sincérité. Je souriais avec mépris et
lassitude. Je m'emparai de sa main et déposai
un baiser sur le dessus de son poignet. Cette
audace la fit glousser.

– Qu'est-ce qu'il y a dans votre sac à dos ?
– Ah, ah ? Tous mes secrets.
– Ils tiennent tous là-dedans, vraiment ?

A côté de nous, un Noir au crâne rasé avec
une chaîne en or sur son col roulé violet
buvait du champagne californien. La voix de
Madonna explosa dans les bafles. J'attirai
l'attention du barman. La conne de Bordeaux
fit signe que cela suffisait. Elle s'excusa, tangua
vers les toilettes. La fermeture Éclair de son sac
était ouverte à trente-trois pour cent, si mes
calculs ne me trompaient pas. J'étais en nage.
Les coutures de mon pantalon me grattaient.
J'essayai de dire un truc à une blonde qui reniflait, ce qui déclencha pour toute réponse un
haussement d'épaules. Elle serrait les mâchoires
en me fixant. Même sous la torture, il n'y aurait
pas eu moyen de dire s'il s'agissait d'une gri-
mace ou d'un sourire. Il était vraiment tard.

Ma voix devenait pâteuse. Je ne connaissais personne. Je commençais à m'ennuyer. Je sais, vous allez dire une fois de plus que vous étiez allé au Studio 54 pour l'anniversaire de Bianca Jagger et qu'elle était arrivée sur le dos d'un cheval blanc. Epargnez-moi vos exploits d'ancien combattant. Je me sentais libre et malheureux. J'aurais bien voulu être ici avec Maud. J'aurais bien voulu ne jamais vous avoir rencontré.

On m'agrippa par le coude. La Bordelaise me proposa de baiser.

– Où ça ?

– Dans les chiottes.

– Je ne crois pas que ce soit une bonne idée.

– Je plaisantais.

Elle aspira le fond de son gobelet avec une paille. Elle avait ce curieux regard triste, soudain. Ses yeux étaient exagérément écarquillés. Mes résolutions chancelaient.

– Vous devriez vous suicider, dit-elle.

– Je suis déjà mort.

Elle me donna une fausse claque sur la joue.

– Comment avez-vous appris à gagner autant d'argent ?

— Mes divorces. C'est un bon entraînement. Mais attention, j'ai toujours payé mes avortements moi-même.

Je ricane bêtement. L'idée de ne pas avoir épousé Maud me procure un soulagement fugace. Deux jumelles qui étaient habillées de la même façon dansaient ensemble. Leur buste se trémoussait en cadence pendant que leurs jambes se pliaient. Elles savaient danser. Elles dansaient bien. Même si elles n'avaient pas porté des robes identiques, on n'aurait pas pu les différencier. Avant de connaître Maud, je n'étais pas contre la perspective de sauter toutes les filles potables, au moins d'essayer. Cette lubie m'avait passé. Il ne s'agissait pas de fidélité, plutôt d'une grande fatigue. Je devinais ce qui arriverait. Les doigts qui se faufilent, les jambes qui s'écartent, la langue au travail partout à la fois, la même vieille ardeur. Merci bien.

Valérie de Bordeaux fouilla dans son sac et en extirpa une Chupa Chups à la vanille. Elle ôta l'enveloppe de papier et s'enfonça la sucette dans la bouche. Cela forma une bosse dans sa joue droite. Elle était à peu près la seule à sourire dans l'assemblée. Les clients tiraient la

180

gueule. C'était exprès. Avoir l'air de s'amuser aurait paru vulgaire. Je ne sais pas pourquoi je vous dis tout ça. Qu'est-ce que vous en avez à foutre, des boîtes new-yorkaises à la mode ? Dans trois mois, celle-ci sera fermée, remplacée par une autre.

– Hé, je m'appelle Stéphanie, pas Valérie, dit la fille de Bordeaux.

Elle disparut sur la piste. La soirée était en train de devenir tout à fait insolite. Il y avait cette fille. Qu'est-ce que je lui trouvais de particulier ? Je sortis et levai le bras pour avoir un taxi.

La femme de chambre frappa timidement à la porte. Je lui gueulai un *nooooooo !* sans appel. Elle n'insista pas. J'allai vomir encore une fois. Qu'est-ce que j'avais pu bouffer d'aussi dégueulasse ? J'étais à genoux devant la cuvette, boudiné dans ce tee-shirt puant qui était deux tailles trop petit. Il fallut tirer la chasse plusieurs fois pour évacuer toute cette pourriture qui tourbillonnait en arabesques multicolores. Peut-être que j'avais de la fièvre ? Ou alors c'était le jet lag. Je me traînai jusqu'au lit et enfouis ma tête dans l'oreiller. Il sentait la lavande. Je le balançai sur la moquette. Je me réveillai en toussant. La pendule électronique indiquait 22 :13. J'étais toujours à plat, mais ça pouvait aller. J'avais rêvé que je perdais la plupart de mes dents. J'étais au restaurant avec un annonceur et je sentais mes molaires se détacher de mes gencives. Ma langue frôlait avec prudence une incisive qui ne tenait plus que par miracle. Je m'excusais et m'éclipsais aux toilettes où je retirais mes fausses dents. Pardon si mes rêves sont encore plus chiants que la réalité. Je me levai d'un bond. Je pris un Coca light dans le minibar et le bus au goulot. Je vieillissais : je n'arrivais même plus à roter quand je buvais du Coca. J'avais oublié mon rasoir à Paris.

Soudain j'eus une idée.

– Je te réveille ?
– Non, dis-je en changeant de position dans les draps.

Pourquoi mentons-nous si souvent à propos de notre sommeil ?

Un bien fou

Je basculai au bord du lit. C'était David. Je lui avais laissé un message. Il est photographe et habite New York depuis bientôt dix ans.

J'ai acheté le nouveau Gillette Mach 3. Pas une coupure. Aucun filet de sang sur le menton (quand on pense que ces cons-là ont refusé de nous confier leur budget). Je me suis souvenu que mon père n'utilisait jamais qu'un rasoir électrique. Il soufflait sur la grille et des centaines de minuscules taches noires parsemaient la blancheur du lavabo. Qu'est-ce qui me prend de penser à mon père, moi ? Je ne l'ai pas vu depuis des semaines. A l'heure qu'il était, il était sûrement dans sa finca de Majorque avec sa conne du moment. Je me douche, considère le flacon de shampooing de marque norvégienne (en parler à Boris), me sèche avec un peignoir en éponge importée d'Egypte, m'assieds en face de la télévision réglée sur VH1 dans la banquette de cuir dessinée par un décorateur français (pas celui qui a refait l'Elysée, l'autre). Mes ongles de pied sont trop longs. Maud me rappelait toujours à l'ordre à ce sujet, me disait de me les couper. D'ailleurs, pour vous, rien que pour vous, voici la liste des choses que Maud ne supporte pas chez les hommes :

– qu'ils se mouchent dans le lavabo,

– qu'ils oublient de rabattre la lunette,

– qu'ils mettent leurs chemises au sale sans avoir déboutonné le col et les manches,

– qu'ils zappent sans lui demander son avis.

Je me suis préparé une vitamine effervescente. La pastille dansait grotesquement dans le verre, comme une soucoupe volante dans les films d'Ed Wood. L'eau se colorait d'un orange plutôt chimique.

Maintenant, c'est le jour. Je suis rasé, récuré, ripoliné. Un coup de peigne. Mes yeux sont brillants, injectés de rouge. J'engouffre la clé magnétique dans ma poche de chemise et sors.

Retrouvailles avec David :

– Tu as quel âge, maintenant ?

– Quarante-trois.

– Tu fais plus.

184

— Voilà ton verre.

— Pas de glaçons, pour moi. Tu as vu qui, à Paris ?

— Les mêmes. Rodolphe, Claudia, Martin, Zéline — tu la connais, Zéline ?

— Ouais, ouais, je la connais, tu penses. Baisé avec elle tout un après-midi dans une suite du Costes.

— Tu l'as vraiment sautée ?

— Bah oui. Elle a vécu à un moment avec ce dentiste de la rue de l'Etoile qui avait sa petite légende dans Paris. Après, il n'est plus sorti qu'avec des actrices qui essayaient toutes de le ruiner.

— Tu sais qu'ils ont fermé le Pont-Royal ?

— Les cons. Tu te souviens de Bernard, le barman blond qui racontait toujours des histoires drôles ? Et Laure, Laure Dandieu, qu'est-ce qu'elle devient ?

— Toujours pas mariée. Dépression. Je crois qu'elle en est aux électrochocs.

— Cette bonne vieille Laure. Son disque n'était pas mal, hein ?

— Si, si.

185

— Ça n'est pas celle qui était toujours plus ou moins sur le point d'épouser quelqu'un ?

— Ça ne l'empêchait pas de se vanter d'avoir brisé vingt-deux ménages. Tu as vu *Barcelona* ?

— Deux fois. Tu ne sais pas où je pourrais trouver la cassette ?

— Non, mais c'est moi qui ai fait la photo de l'affiche.

— Allez ! Je croyais que c'était un dessin de Le Tan.

— A Paris, peut-être, mais ici c'est une photo.

— Tu es sûr ?

Le déjeuner a été bref. David n'avait pas faim. La musique hurlait. La carte était en italien. Un mannequin assez célèbre est venue embrasser David sur la bouche.

— Hey, baby.

— Hey.

Elle s'est éloignée. Il ne me l'a pas présentée.

— Bien. J'ai ton truc.

Le truc était enveloppé dans un foulard écossais. Il ressemblait à un jouet d'enfant. Je l'ai caché dans mon sac en plastique de chez Tower Records. David a empoché les dollars sans prendre la peine de les compter.

— Un 6.35. Fais gaffe. Tu remarques que je ne te demande rien.

A côté de nous, des filles avaient une discussion sur le *breast feeding*. Il y en avait une qui avait lu que cela faisait vieillir les femmes plus vite de nourrir les bébés au sein. Elles avaient commencé au Coca light, puis étaient passées au rioja. L'une d'elles traita Norman Mailer et Philip Roth de misogynes.

David n'a pas pris de dessert. Il a à peine touché à son carpaccio d'espadon. Il est parti avant moi.

— J'y vais, mec.

— Plus personne ne dit mec, à Paris.

— On n'est pas à Paris. Mec.

Il m'a laissé la note. Cela allait de soi. J'utilisais tellement mon American Express qu'elle ne tarderait pas à faire des copeaux.

A présent, je me sens fatigué, mais normal. Je lis dans le *New Yorker* la critique du dernier Scorsese. Elle est mi-figue mi-raisin. J'appelai une nouvelle fois le room-service. Le café mit trois quarts d'heure à arriver. Les toasts étaient humides et froids, le beurre trop dur, impossible à tartiner. Je vidai tous les sachets de sucre dans la tasse et bus le liquide tiédasse, écœurant, en fermant les yeux. Je fis quelques pompes. La moquette garda l'empreinte de mes doigts.

Je me reversai du jus d'orange. La carte du Vermont était dépliée sur le lit.

Je demande à la réception de se débrouiller pour me louer une voiture.

– Vous nous quittez, sir ?

– Juste pour une nuit. Gardez-moi la chambre.

Le mois précédent, j'étais allé informer mon patron que je prenais une année sabbatique. Dans son bureau, tous les meubles étaient griffés Christian Liaigre. Je considérai les chaussures en crocodile de Boris et me demandai combien elles avaient coûté. Des mocassins en croco ! Il devenait vraiment urgent que je quitte la publicité, au moins pour un temps. Je revins dans le loft qui servait de pièce aux

créatifs. Damien disait à Rodolphe que l'amour
ne durait jamais plus de trois ans. Rodolphe
répondit qu'il ne comprenait pas de quoi on
parlait. L'amour, qu'est-ce que c'était que ça ?
Les plateaux de sushis qu'ils avaient comman-
dés par téléphone arrivèrent. Damien, qui avait
ses initiales brodées sur la côté gauche de sa
chemise, paya le livreur qui n'était pas asiatique
et me proposa des makis au concombre.

— Jamais de concombre, dis-je du ton
qu'avait dû prendre le général de Gaulle pour
lancer son appel du 18-Juin.

Pour moi, le chapitre était clos. J'enverrais
promener ma voiture, mon bulletin de salaire,
mes notes de frais, mes costumes sur mesure,
toutes ces choses qui me faisaient croire que
j'étais important.

Dehors, il tombait des cordes. Des rumeurs
de bataille remplissaient le ciel. Le soir tombait.
Je dis au taxi de rouler jusqu'aux Champs-Ely-
sées. Les rues perpendiculaires défilaient lentement. A Neuilly, la pluie diminua. Les essuie-
glaces commencèrent à couiner sur le pare-brise.

Bagarre sur le trottoir. Deux Arabes étaient en
sang. Des flics les embarquaient, vérifiaient leur

identité. Pugilat de banlieue. Rachid avait baisé la sœur d'Idriss. Omar avait fourgué de l'héroïne merdique à Tahar. Girophares dans la nuit de Paris. Attroupement craintif. Les cutters avaient parlé. Les touristes japonais hésitaient à mitrailler la scène. J'achetai des disques chez Virgin. Dans les rues de Paris, je croisais des femmes. Aucune d'entre elles n'était Maud. Elles ne faisaient même pas semblant de lui ressembler. Il n'y avait personne avec qui j'avais envie d'avoir une liaison, à part Maud. Cela tombait mal. Une brève liaison bourrée de charme et d'imprévu m'aurait fait du bien. Mais aussi, cela m'aurait peut-être dégoûté. Je rentrai chez moi et reculai encore d'un jour la date de mon suicide. L'obscurité se collait à la fenêtre comme si on avait peint les vitres en noir.

Avant d'aller me coucher, j'appelai Maud, essayant de l'imaginer dans cet appartement qui domine Central Park. C'est vous qui avez décroché à la première sonnerie. Surpris, j'ai raccroché. J'avais prévu une plaisanterie pour Maud, mais pour vous, rien.

Les premiers kilomètres, je restai sur la voie de droite, mais les bagnoles se traînaient. Je commençai à doubler. J'empruntai un tunnel, puis descendis une bretelle. Sur les panneaux verts, les directions étaient désignées par des numéros. La route s'élargit à quatre voies, séparées par un terre-plein. J'entendais le tic-tac du clignotant, les avertisseurs des camions. Je m'arrêtai sur une aire de repos pour boire un café. Je repartis en vitesse. Le gravier gicla. Sur la voie express, j'ai roulé derrière une série de semi-remorques dont les klaxons faisaient trembler les vitres, envoyant un épais sillage d'écume. Puis après Bennington, ce fut une averse violente. Je doublai en pulvérisant des nuages de vapeur. Je restai concentré sur le flot de la circulation, l'index droit tapotant nerveusement le haut du volant. Le ciel n'avait plus de couleur. Le soleil revint au bout de quelques kilomètres. Je me perdis une fois ou deux. Plus tard, il recommença à pleuvoir. L'orage éclata comme une guerre, sans s'annoncer. D'énormes gouttes s'écrasèrent sur le pare-brise, grosses comme les cotons démaquillants dont se servait Maud dans la salle de bains. Un éclair

191

illumina les collines. Le tonnerre retentit.
J'oublie toujours : pendant un orage, est-ce
qu'il faut rester dans sa voiture ou, au contraire,
l'abandonner sans traîner ? Je poursuivis mon
chemin. Des branches arrachées jonchaient le
bitume. Il fallait faire de brusques écarts. J'ai
traversé des agglomérations qui se ressem-
blaient toutes plus ou moins, avec leur rue
principale bordée de magasins d'alimentation
et de vidéo-clubs. Un drapeau flottait en haut
d'un mât. Parfois, une statue en bronze se dressait sur une pelouse. Ça n'était jamais la statue
de la Liberté. La nuit tomba tôt. Les panneaux
indicateurs surgissaient tout à coup dans le
noir. Je n'ai plus été que deux phares sur la
route, dans la nuit.

A l'hôtel, la patronne me tendit une petite
carte où étaient inscrites les manœuvres à suivre
pour ouvrir la porte après vingt-deux heures :
Press 1 and 2 together – release.
Press 5 and release. Turn doorknob clockwise.
La dernière ligne précisait que le petit déjeuner était servi de huit heures trente à neuf
heures trente.

Je serais parti avant.

Ça, vous l'aviez jouée très fine. On ne peut pas vous reprocher le contraire. Demander à Maud de traduire en français vos nouvelles inédites, j'avoue, on ne faisait pas plus habile. Du Bruckinger tout frais, le monde entier n'attendait que ça.

Me voilà. Encore deux ou trois kilomètres, et le chemin commence à monter. La côte est plutôt raide. Juste après le virage, on y est. J'ai garé la voiture dans un chemin à l'écart de la route, assez loin de la propriété. Il me semble que j'ai marché longtemps. Tout autour, il n'y avait rien, que l'obscurité. Je regardais devant moi avec obstination. A un croisement, je me suis arrêté pour reprendre mon souffle. Je ne reconnaissais plus rien. La pluie avait cessé. Mon imperméable ne m'empêchait pas d'être trempé jusqu'aux os. Mes chaussures s'enfonçaient dans de la terre molle. Je me suis essuyé la figure avec un mouchoir de papier qui peluchait. A chaque pas, je sentais mes chaussettes émettre un bruit de succion. Je pouvais me perdre, errer pendant des heures et mourir de froid dans cette forêt. Personne ne savait où je me trouvais. J'avais peur de m'endormir, complètement coupé du monde extérieur. Et si j'allais crever dans ce sous-bois, cette solitude bleutée ? Je repensais à ce film en vidéo qui avait eu un succès colossal et où trois cinéastes amateurs se faisaient massacrer dans une forêt qui ressemblait à celle-ci. Peut-être qu'ils avaient tourné le film dans la région. Je commençai à avoir la trouille. D'ici à ce que je tombe sur un cinglé avec une tronçonneuse.

J'entendis un chien aboyer, au loin. Il devait être énorme. Bon, reprenons nos esprits. Par là, tout droit. Je continuai ma route, en cadence. Je m'enfonçai dans le néant. J'avais cessé de me poser des questions. Le col de mon imperméable me grattait. Je débouchai dans une clairière. Un ruisseau la traversait en diagonale. J'ai coupé vers la droite, sous des arbres qui dessinaient une allée. L'endroit me disait quelque chose. J'ai escaladé la clôture. Ça y était.

J'ai reconnu la maison. Les baies vitrées du rez-de-chaussée étaient éclairées. C'était une bonne vieille maison. Les tuyaux des radiateurs faisaient un bruit assourdissant. L'électricité était imprévisible. Je vous ai espionné. Dans le ciel, les étoiles s'adressaient des clins d'œil. La lune était presque pleine, en forme de soucoupe ébréchée. Il y avait de la lumière dans votre cabanon. J'ai marché encore quelques mètres, à l'abri des arbres. Je vous ai vu à votre bureau, en train de taper, vos lunettes demi-lune relevées sur le haut du front. Vous aviez un tee-shirt sous votre chemise bleue dont vous aviez retroussé les manches. Vous faisiez le jeune homme. C'était le genre de tenue que vous conseillait Maud. Elle a toujours eu des idées sur les vêtements. Ça n'allait jamais. J'en ai fait les frais, moi aussi. Le nombre de fois où elle m'a obligé à me changer avant de sortir. « Tu ne vas pas y aller comme ça ! » Le pantalon jurait avec les chaussures. Maintenant, c'était la veste. Ah non, pas cette cravate, je n'y pensais pas. Ça n'en finissait pas. Je suppose que désormais vous êtes toujours en retard quand vous êtes invités quelque part.

Vous vous êtes levé, un feuillet à la main. Jadis, être témoin d'une scène pareille m'aurait peut-être serré le cœur. Le grand écrivain dans son intimité. D'après mes observations, vous tapiez d'abord un premier jet sur votre vieille machine, assis à votre bureau. Vous relisiez, une page à chaque fois. Lorsque le résultat vous satisfaisait, vous alliez transcrire la page sur l'ordinateur qui était perché sur une espèce de lutrin. La technique ne vous faisait pas peur. Vous tapiez debout, en remettant vos lunettes sur le bout de votre nez. Vous avez appuyé sur un bouton. Une nouvelle feuille a jailli de l'imprimante, sur la table, à gauche, celle sur laquelle vous gardiez les journaux récents. Dans une chemise, il y avait les coupures de presse vous concernant. Vous continuiez à les collectionner, après toutes ces années. Elles étaient toujours découpées dans la rubrique *People*. Si j'étais vous, ça me vexerait un peu.

Vous relisiez la page en question, en marchant d'un mur à l'autre. Alors, et alors seulement, le feuillet venait s'ajouter à la pile des précédents, juste à côté de la machine. La méticulosité avec laquelle vous le glissiez sur le petit tas de papier blanc me sidéra. Le téléphone a sans doute sonné. Je n'ai rien entendu, mais je vous ai vu décrocher l'appareil. Vous avez à peine prononcé un mot avant de raccrocher. Vous avez éteint la lumière en sortant. Je me suis caché derrière un tronc. Le dîner était prêt. Maud devait vous attendre dans la grande maison. Charmant petit couple.

Alors, voilà. Regardez donc un peu par la fenêtre. Je suis là, dehors, quelque part. Vous ne me voyez pas. Je crois que ça va être l'heure. Pendant un moment, je me suis caché dans la cabane perchée dans les arbres, couverte de mousse. Cela sentait le vieux bois, l'humidité. Je ne savais pas quoi faire de ce revolver. Dans la poche de mon imperméable, j'avais peur qu'il ne tombe. Si je le glissais dans la ceinture, il me broyait le ventre. Je le gardais à la main. L'acier était froid, hostile. Je vérifiais toutes les deux minutes que le cran de sécurité était bien enclenché. Vous déambuliez dans votre studio. Je n'ai pas vu Maud, je ne l'ai aperçue nulle part. Où est-elle ? Ne me dites pas qu'elle vous a déjà quitté. *Ne me dites pas ça.* Elle ne vous a pas fait ce coup-là. Dites-moi où elle est

197

partie. Mais vous ne savez sûrement rien. Les femmes qui s'en vont, on pense beaucoup trop à elles. Elles sont très fortes pour se cacher, pour disparaître dans la vie urbaine. Autour d'elles, il y a une conspiration du silence. Elles se mettent sur liste rouge, ne sont plus là pour personne. Je me souviens qu'au début, quand je ne savais pas où Maud était passée, je cherchais sa nouvelle adresse à la poste sur le minitel mis à la disposition du public. J'étais debout dans le hall, pianotant sur ce clavier refusant de me délivrer l'information qui m'aurait sauvé la vie. Rien à son nom de famille. Sa mère avait changé de numéro. Je ne sais pas combien de temps je restais là, devant l'écran aux petites lettres fluorescentes. A chaque fois, quand je m'arrêtais, je m'apercevais que j'avais retenu mon souffle. A chaque fois, j'avais l'impression de recevoir un coup de poing dans le ventre. Je me suis demandé ce que ça me ferait de baiser avec Maud, maintenant. Je veux dire : en sachant que vous avez glissé votre vieille queue dans son truc. Voilà le genre de choses qui me trottaient dans la tête, alors que je me disposais à vous tuer. Pas de quoi se vanter, hein. Je revis ses seins qui partaient sur le côté, leur pointe qui se dressait quand elle était allongée sur le dos. Est-ce qu'elle fermerait les yeux ? Prononcerait-elle mon prénom ? Chuchoterait-elle le vôtre ? Je vais te tuer aussi, Maud, tu sais. Je n'ai pas besoin de ta pitié, non, vraiment pas. Peut-être qu'il aurait fallu épouser la première fille qu'on avait embrassée et ne plus en parler ?

Vous commencez à comprendre où je veux en venir. Voilà la sueur qui se met à perler sur votre front, à vous dégouliner le long du dos. Vous ne vous attendiez pas à ça, avouez. Le si gentil petit Français, l'admirateur de vos œuvres complètes. Vous ne vous figuriez tout de même pas que j'allais rester là sans réagir. Il y a un prix à payer pour la saloperie que vous m'avez faite. Saloperie pour saloperie, la mienne n'est pas mal non plus, dans le genre. On parie ? Vous allez voir.

Pour Maud, je vais vous dire quelque chose : je vous la laisse. Vous pouvez la garder, tiens.

J'ai mis des mois avant de me rendre à l'évidence : Maud ne reviendrait plus. J'avais du mal à y croire, au début. Je m'accrochais à des espoirs minuscules. Chaleur des draps. Confort douillet et mensonger. Je me disais que les choses n'arrivaient pas comme ça. Un détail avait dû m'échapper. Elle m'avait dit : *Je sais que tu me voudrais différente de ce que je suis.* J'y ai pensé, j'y ai pensé longtemps. Pendant des semaines, je n'ai pu faire que ça. On ne me voyait pas beaucoup à l'agence. Boris a été coulant. Créatif, mon cul. Dans une autre vie, nous serions capables d'encaisser ça. Je cherche une explication à la trahison de Maud, mais à chaque fois l'explication se transforme en excuse, alors j'arrête tout de suite. Il était trop tard pour revenir en arrière. Cela prendra le temps qu'il faudra, mais je l'oublierai. Jusque-là, la force m'a manqué.

Je n'ai encore jamais tué personne. Je ne sais pas exactement comment on s'y prend. Les armes et moi, ce n'est pas ça. J'ai été exempté du service militaire. Mon père, lui, était quelqu'un de violent. De vous, il n'aurait fait qu'une bouchée. Le nombre de fois où je l'ai vu casser la figure à des inconnus, dans la rue, des types qui lui avaient parlé de travers, des conducteurs qui l'avaient klaxonné un peu brusquement, des voisins de table au restaurant dont les propos lui déplaisaient Je regrette qu'il ne soit pas là. Il m'aurait prêté main-forte.

Est-ce que le sang a une odeur ? L'idée, c'était que vous mettiez un temps interminable à mourir. Il faudrait faire très attention, viser juste. Ça serait trop bête de tirer tout de suite à un endroit mortel. Un médecin aurait su des choses comme ça, l'endroit à viser. Commencer par les rotules, tiens, une balle dans chaque, là on ne risquait rien. Vous les sentiriez passer, celles-là. Dans un western, Steve McQueen infligeait ce supplice à l'ordure qui avait tué ses parents. Il s'arrêtait là, laissait le salopard crever au bord d'une rivière. Un filet rouge descendait le courant. Le type bramait dans la flotte. Ne rien tenter trop près de la tête ou du côté du cœur. J'y songe : à votre âge, le cœur va lâcher tout seul. Je vous interdis de tomber

201

dans les pommes. Ne me gâchez pas ma vengeance, please. Chiez-vous dessus de trouille, je préfère. Votre pantalon se maculant de taches brunes. Le grand écrivain est mort le froc plein de merde. Vous imaginez les titres que cela fera. Je terminerai le boulot à coups de hache, ou de couteau. La bouche s'agite sans produire de son. La lame entamera les os. Votre boîte crânienne : une bouillie. Les dents qui explosent. Le sang vole.

Maud ? Elle, je l'assommerai. Je ne veux pas qu'elle m'embobine avec encore une de ses histoires dont elle a le secret. Un bon coup sur le crâne, les mains liées derrière le dos. Je lui colle un énorme sparadrap sur la bouche. Je la réveille avec des claques, un verre d'eau sur le visage. Qu'elle assiste à tout le spectacle. Elle ne doit pas rater ça. Elle l'a bien mérité.

J'ai failli le faire. J'ai vraiment failli le faire. Vous comprenez, il fallait que j'aille en enfer. A votre tour d'y goûter un peu. J'en avais assez vu. Ce revolver était ridicule. J'ai rebroussé chemin. J'avais une solution de remplacement.

Je suis rentré sans me presser, en respectant toutes les limitations de vitesse. Sur un pont, je me suis arrêté et j'ai balancé l'arme dans la flotte. J'avais mieux.

Je m'efforce de me souvenir de vous avec des yeux neufs. Je ne veux pas vous imaginer sans cesse comme le salopard qui m'a fauché ma petite amie. Je ne veux plus avoir en tête cette image de vous en train de baiser Maud. Soixante-dix balais ! L'idéal, ça serait que vous me fassiez pitié, que je ressente cette terrible impression que vous avez d'avoir traversé plusieurs vies, avec la vieillesse qui vous guette comme une charogne. Vous êtes là, dans votre maison pleine de passé. Vous ne croyez tout de même pas que ça va durer, dites, elle et vous ? Elle va finir par vous larguer vous aussi, par épouser un dentiste et nous nous retrouverons tous les deux comme des cons.

La chose que je ne supportais pas chez vous : que vous me proposiez tout le temps une cigarette. Je ne fume pas, bordel de merde. Vous ne pouviez pas faire rentrer ça dans votre cervelle ramollie, non ?

« La souffrance est un bon professeur », m'avez-vous dit un jour. Vous allez apprendre beaucoup de choses. Votre intimité volera en éclats. Vous avez un mot pour ça, en anglais : *devastated.* Cela sonne mieux que ravagé. Une autre fois, vous avez dit : « La réalité manque de substance. » Ne vous en faites pas. Je vais lui en donner, moi, de la substance. Il ne restera plus rien, que de l'ombre et du silence. Alors il sera trop tard.

Je me suis confectionné un gin-tonic avec les mignonnettes du minibar. Une gorgée de ce truc, et je me retrouve aussitôt dans les discothèques de mes dix-huit ans. Je respire à nouveau ces effluves de cigare et de déodorant qui commence à virer. J'entends *I'm Not in Love* de 10CC.

Demain, je rentre à Paris. L'avion s'élèvera en oblique. Les lumières de la cabine vacilleront pendant le décollage. Vue de haut, la banlieue éclairée ressemblera à un écran d'ordinateur. L'appareil traversera des nuages mauves. Par le hublot, je scruterai le ciel noir, l'immensité de la nuit. Je m'endormirai. Puis le jour se lèvera. Il n'y aura plus que le bleu de la mer.

A New York, j'ai fait une photocopie de cette lettre. J'en ai adressé un double au *New York Times*. Je dois dire que tout cela les a intéressés. Ils sortiront votre histoire à la une, dans le supplément du dimanche. Vous êtes abonné. Vous aurez ça dans votre boîte.

Vous pensez s'ils ont sauté sur l'aubaine. Bruckinger démasqué. Trente ans que tout le monde attendait ça. Et il a fallu un petit con de Français pour décrocher le gros lot. « Un pauvre petit cocu parisien. » Maud et vous pourrez toujours me cracher dessus en contemplant l'article. A mon tour, je vais devenir célèbre. Je devrais vous remercier.

Soudain, tout change. L'inquiétude s'empare de votre visage. Où sont passés vos airs de cocker charmeur ?

Des regrets ? Je ne crois pas que j'en aurai. Bien sûr que j'ai agi sous le coup de la colère.

Vous gâcher vos dernières années d'existence me console vaguement. Je vous souhaite de vivre centenaire. N'imaginez pas que je ne me représente pas les conséquences qu'aura mon geste. Je sais très bien tout cela. Votre mystère va s'évaporer. Toutes ces précautions pour rien, désormais, envolées. C'est assez dégueulasse.

Je ne fais pas ça pour l'argent. Je ne suis pas la petite roulure qui a raconté dans ses mémoires comment elle a réussi à baiser avec vous, les six mois qu'elle a passés dans le Vermont quand elle avait à peine dix-huit ans. Ces histoires-là, vous vous en fichez. Je ne voudrais pas que vous me confondiez avec tous ces journalistes en quête de reconnaissance.

Au début, j'étais comme les autres. Je respectais votre isolement. Sans l'épisode Maud, j'aurais gardé tout ça pour moi. Juré.

Les rotatives sont en marche. Leur traducteur a fait du bon boulot, rien à redire. J'espère que vous aurez la décence de ne pas engager un procès. Doucement, hein. Vous ignorez une chose. La plupart de nos conversations, je les retranscrivais dès que nous nous quittions. Je n'agissais pas différemment dans la publicité où, après chaque réunion, je notais les énormités qui avaient été proférées par les annonceurs – pourquoi seulement les annonceurs ? Les créatifs, c'était quelque chose aussi – autour de la table. Si je rassemble tout cela, j'ai de quoi écrire un roman. Il se vendrait, je suis sûr qu'il se vendrait. Il n'y aurait qu'à lui donner pour titre son prix de vente. Ça, ce serait fort. Non, non, je ne les ai pas enregistrées, vos déclarations, les états d'âme du grand écrivain. Nous ne sommes pas chez John Le Carré, mais j'ai suffisamment lu cet auteur pour savoir comment je m'y serais pris, et puis on voit ça dans un tas de films. Un de ces minuscules magnétophones japonais collé à même la peau avec du sparadrap. Ne pas choisir une zone avec des poils, sinon pour l'arracher, bonjour !

N'empêche, tout cela a valu la peine, même si je suis sûr d'une chose : que le passé ne peut pas être réparé. Je crains, hélas, qu'il ne nous apprenne rien non plus sur ce qui nous attend.

207

Je vais boire un peu de champagne, tout seul. Il y a une bouteille de marque française, dans le minibar, extraordinairement chère. *Salud, pesetas y amor.*

Allongé sur le lit, dans ma chambre d'hôtel, j'écoute le dernier Cranberries et je vous emmerde, Sebastian Bruckinger.

PAS TROP PRÈS DE L'ÉCRAN (avec Patrick Besson), Le Rocher, 1993.

MICHEL DÉON, Le Rocher, 1994.

BARBE À PAPA, Belfond, prix des Deux-Magots, 1995.

La composition de cet ouvrage
a été réalisée par I.G.S. Charente Photogravure,
à l'Isle-d'Espagnac,
l'impression et le brochage ont été effectués
sur presse Cameron dans les ateliers
de Bussière Camedan Imprimeries
à Saint-Amand-Montrond (Cher),
pour le compte des Éditions Albin Michel.

Achevé d'imprimer en octobre 2001.
N° d'édition : 20322. N° d'impression : 014918/1.
Dépôt légal : août 2001.